U0061113

Geronimo Stilton

奇鼠歷險記⑫

巨龍潭傳說

新雅文化事業有限公司
www.sunya.com.hk

目錄

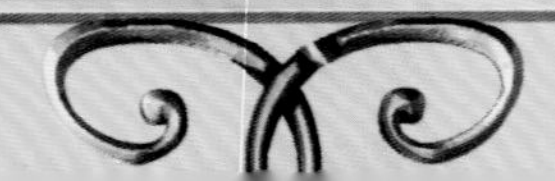

流水之龍國

高山之龍國

沼澤之龍國

鄉野之龍國

進入魔石國

你也想跟謝利連摩
一同進入夢想國嗎？
請在這裏貼上你的照片，
並寫上你的名字吧！

貼上你的
照片。

我的名字是..............................

傳說中的巨龍潭

親愛的鼠迷朋友們，我即將帶你們進入傳說中的龍族聚集之地——**巨龍潭**！

那是一處神秘魔幻之地，那裏的龍族有的勇敢、有的真誠、有的才智過人、有的機靈、有的積極樂觀！快快跟我來，一同踏上這讓我激動得鬍鬚狂舞的精彩旅途吧！以一千塊乳酪的名義發誓！

讓我從頭説起吧……一切都從妙鼠城某個春日的早晨開始。温暖的**陽光**從窗口照進來，我逐漸睡醒，這一切多美好！多舒服！今天是星期日呢！

這是每周唯一一天我不用去編輯部的日子！哦，對了，不好意思，我還沒有自我介紹呢！我名叫史提頓，***謝利連摩・史提頓***，我經營着老鼠島最著名的報紙《鼠民公報》！總之呢，就如我剛才所説，這天早晨我總算可以睡個懶覺啦！

我在牀上轉個身，打算繼續賴在被窩，突然傳來了一陣高分貝的歌聲把我驚醒……

咕吱，我的愛！

你比蜂蜜更甜！

我的心如火焰，

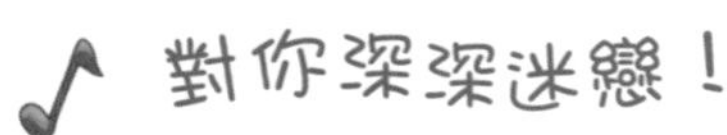

這可怕的歌聲究竟是從哪兒傳出來的呢？

窗户是緊閉的，收音機也沒有開，而房子裏就只有我一個！我突然意識到，這歌聲……來自我的

手機！

我差點忘了，原來是我的姪子班哲文把舞台劇的音樂，設置成為了我的手機鈴聲！

我拿起手機，問道：「誰……誰呀？」

電話那頭傳來果斷的聲音：「啫喱，我是菲！你不會還在賴牀吧？快起來，穿上衣服，趕快收拾！我需要你幫我一個忙！」

我的命真苦啊……幫忙？難道妹妹又要拉我去**冒險**嗎？

我的妹妹菲繼續發號施令：「我要你代替我去做導遊！」

我大聲嚷嚷：「什麼什麼什麼？! 讓我做導遊？! 可是我根本不懂啊！」

菲向我解釋說：「著名影星——**花枝鼠**小姐，來了我們的城裏觀光啦！她曾主演過多愁．黑暗鼠執導的多部電影呢！」

她對我說：「我本應該負責帶她去觀光，可是我突然接到一個攝影任務，所以陪她遊覽的任務就拜託你啦！花枝鼠和多愁十分鐘後就會抵達你家。」

我大叫：「**十分鐘？但是，我還有一堆事要做呢！**」

「那就趕快完成啊！謝謝啦，啫喱！我晚一點會再打電話給你，看你是否順利。咔嚓！」

菲把電話掛斷了！

什麼什麼什麼？!

我現在沒有任何時間可以浪費啦！

在**十分鐘**內，我必須完成以下這些事情：起牀伸懶腰、刷牙、洗澡、梳鬍子、換衣服、吃早餐、整理牀鋪、摺睡

整理牀鋪

摺睡衣

吃早餐

換衣服

衣、給陽台的植物澆水，還有……

滴鈴鈴鈴！

以一千塊發酵乳酪的名義發誓，門鈴響起了！多愁和她的朋友已經來到了！

多愁的大嗓門穿透了我緊閉的門窗：「小乖乖，快開門！你怎麼還沒準備好？別讓我們久等，快出來！」

可是為什麼、為什麼、為什麼我要經歷這一切呢？！

我要逛街去！

我十分迅速……應該說是以閃電的速度整理好。

我飛奔下樓，打開大門，打招呼說：「早……早安！」

出乎我意料的是，多愁並沒有像以往一樣摟着我大呼小叫，而是呆呆地打量着我。

奇怪、很奇怪、非常奇怪……

我連忙問候她的朋友：「很榮幸認識你，花枝鼠小姐！」

這位小姐對多愁說：「我可真想不到……你男朋友的衣着搭配……是如此……如此……有創意！」

我紅着臉辯解：「其實……我不……不是她的男朋友……」

多愁揮起**小手袋**砸了我兩下，回答道：「我

的小乖乖總是愛亂開玩笑，親愛的？現在你快去換衣服……」

換衣服？！為什麼啊？難道我穿的套裝還不夠好嗎？！

我的目光移到自己下半身……哦，天啊！我看上去像個**大傻瓜**！原來剛才我忘記換睡褲了！我飛奔上樓，跑得鬍鬚直抖，換好衣服再走下來。

多愁見到我，摟住我的脖子，送給我一連串**吻**：「你現在看上去好多了，小乖乖！我們保證會讓你度過一個精彩絕倫的星期日！」

我問候她的朋友：「很高興認識你，花枝鼠小姐！聽說你主演了多愁執導的許多部**電影**。」

花枝鼠小姐樂不可支：「呵，你真是個紳士鼠！請不要見外！我要謝謝你才華橫溢的女朋友導演，多虧了她，我才能贏得一次金齒獎，和兩次『毛絨巨星獎』！」

多愁歎口氣說：「不不不不，應該說多虧了你的精湛演技！你在《獠牙山莊》裏的表演真是絕了！還有你在《雪怪狂攻》中的演出讓**小報**記者們讚歎不已！」

花枝鼠小姐固執地說：「親愛的，這一切都是你的功勞！」

「是你的功勞才對！」

我插嘴說：「呃……不好意思，女……女士們，我們不如開始這次城市觀光之旅吧！我建議我們先在歡歌石頭廣場兜風，然後……」

花枝鼠小姐搖搖頭，說：「我想去**逛街**！我想去購物，添置服飾來塞滿我的衣櫃！」

多愁歡呼雀躍表示贊同：「這主意真棒！你說是不是啊？小乖乖！」

去**逛街？！**菲可沒讓我陪她們去逛街……可現在我已沒法臨陣脫逃啦！

花枝鼠和多愁一口氣買了十雙鞋子、十五個皮包、二十件時裝，她們仍樂此不疲，拉着我在妙鼠城的各個商店裏轉來轉去。

你們猜是誰負責拿着她們購買的所有服飾？

是我！

這時，菲來電話了。她追問我：「你們有沒有在海邊散步？你有沒有帶她們去歡歌石頭廣場兜風？還有跳蚤市場呢？」

為什麼、為什麼、為什麼我要經歷這一切呢？！

多愁又往我手爪裏塞了一個大袋子，嘀咕說：「來吧，拿着，小乖乖！我們買完啦！」

我發出鬆了一口氣的歎息聲：「總算可以回家啦……」

這時，多愁高聲抗議説：「你想也別想了！我們不過是購物完畢了，現在該去看潑墨鼠的畫展啦，他的傳世名作正在當代藝術館的**九十三**間展廳裏展出呢！」

什麼什麼什麼？！

九十三間展廳？！

花枝鼠補充道：「然後我們還要去那間能夠俯瞰全城的**餐廳**吃晚飯。那餐廳在《米之蓮鼠指南》上獲得了五顆乳酪的好評啊！」

哎！！！
我已經很累了，應該説筋疲力盡、氣若游絲了！

我非常疲倦，甚至累得在吃晚飯時坐在飯桌旁睡着了……當我醒來時，我提議説：「女士們，時候不早了，回家睡覺吧！」

花枝鼠爆發出一陣大笑：「哈！哈！哈！多愁，你的男朋友可真會開玩笑！

現在我們去跳舞吧！」

讓開！！！

到了晚上，兩位女士仍興致勃勃要去跳舞，而我已經很累了。跳舞？我可不懂跳舞啊！更何況

我現在很睏、非常睏、睏死了！

多愁吩咐我：「快走啊，小乖乖，別沒精打采！你也需要買一套像樣的衣服！」

我打了個打哈欠：「啊……哈，為……為什麼啊？我這身西裝不是挺……挺好嗎？」

好睏啊！

她們不由分説地將我拉到鼠跳閣，這是一間位於舞廳隔壁的商店，很晚才打烊。

多愁和花枝鼠把我拉到試身室，要我穿上各種

……

多愁吩咐我：「試試這件，小乖乖！」

花枝鼠插嘴道：「還有這件，小帥帥！」

多愁還不滿足：「啊，小乖乖，這件你穿上肯定能把大家**嚇一跳！**」

就在我忙不迭地試穿一件件衣服時，菲又打電話來轟炸我了：「嗨，小乖乖，你現在在哪兒呢？」

我回答：「鼠跳閣……」

「真棒！你一定能在那兒選到一件很酷的服裝！你就待在那裏，別走啊！有一個**驚喜**要送給你！」

咔嚓，電話掛斷了。

什麼什麼什麼?!

探戈舞者

嘻哈舞者

民族舞者

森巴舞者

佛蘭明高舞者

踢踏舞者

難道說菲已經完成了攝影任務？或者她正要趕來拯救我？抑或是她要加入多愁和花枝鼠的跳舞陣營？

這時，商店門口掛着的風鈴響了。我朝門口望去，只見一個小老鼠鑽進店鋪……是我的表弟**賴皮！**

他高聲呼喊我：「謝利摩摩！菲告訴我，有兩位可愛迷人的女士需要一位導遊……」

然後，他盯着我的衣服說：「表哥，是時候換上一套摩登的**衣服**啦！」

我抗議說：「可是……」

他還沒等我把話說完，就迫不及待吻了吻多愁和花枝鼠的手爪，說：「你身邊有兩位如此美麗的女士……你也需要一套風度翩翩的騎士服才配啊！我們去給舞池帶動氣氛吧，謝利摩摩！

夜生活才剛剛開始！」

古典舞者

很快，他們就從我身邊溜走了，留下穿得像**傻瓜**一樣的我。

為什麼、為什麼、為什麼我要經歷這一切呢？！

搖滾舞者

上世紀七十年代的舞者

我剛踏進**舞廳**，花枝鼠就走上前來：「你終於來啦！你那位可愛的表弟正在和多愁跳舞！正好讓他們倆看看我們的高超舞技！」

什麼什麼什麼？!

賴皮正在和多愁跳舞？!也許你們有所不知，賴皮十分**迷戀**多愁……

我嘀咕說：「我……我不會跳舞！」

花枝鼠仍一把拉住我的手爪，開始起舞轉圈。

我高聲抗議：「我頭……頭暈……」

可她回答我說：「謝利連摩，你能和我共**舞**一曲，是你的榮幸！」

謝利連摩！

賴皮和多愁跳着舞從我們身邊走過。

表弟和我開玩笑：「嗨，表哥！你這腳爪是在跳舞呢，還是在擦地板呢？動起來啊！節奏！節奏！節奏！」

多愁朝我直嚷嚷：「謝利連摩！你別和我的好朋友**眉來眼去！**」

說完，他倆就像旋風一樣從我們身邊舞走了。

我們跳了幾支舞後，我已經很累了，應該說筋疲力盡了！

我嘟囔着說：「抱歉，花枝鼠……呼哧！呼哧！我現在必須停下來……呼哧！呼哧！」

我看見大廳一角有一張舒適的沙發，就趕忙過去坐下來。

我剛想喘口氣，花枝鼠過來催促我：「你居然躲在這裏？來呀，別**害羞**啊！謝利連摩，我們還要跳一整晚呢！」

什麼什麼什麼？！

一整晚？！

我抗議說：「很抱歉，可我現在很疲……」

我還來不及說完，她已經挽起我的手爪，把我再次拖回了舞池。

「你要學會放開腳步！」花枝鼠說。

我想停下腳步，可花枝鼠緊緊**拉**住我，應該說是很緊、非常緊，以至於多愁在跳到我們身旁時，不滿地嚷嚷：「謝利連摩！別和我的好朋友**眉來眼去**！」

我還來不及辯解，多愁又舞走了。

就在此時，舞池裏開始播放一首動感十足的舞曲。我們開始單腳腳尖立地**旋轉**、**旋轉**、**旋轉**……我抱怨說：「救命啊，我頭暈！」

可我的女舞伴無動於衷地說：「跟着節奏跳，親愛的！你要跟上舞步！」

我的頭越來越暈，我感到一陣噁心。我閉上眼睛，可情況變得更糟了，我感覺自己飛了出去！

救命命命命命！

進入夢想國

我被花枝鼠旋舞着，飛了出去。我睜開雙眼，發現自己的確在飛翔，不過是坐在一條

巨龍

的背上！

其實，與其説是坐在上面，不如説是騎在上面，而且是緊緊地抱着巨龍。因為我們飛得太高啦！

巨龍安撫我說：「別擔心，騎士！我們即將抵達目的地！」

就在此時，一座晶瑩璀璨、形狀像花朵一樣的建築物，從雲中冒出來。

巨龍載我來到宮殿的大門前，一個耳朵尖尖的小精靈走上前來，握住我的手爪說：「騎士，你終於到了！我是宮廷侍從亞莉莎！」

花仙國

花仙國的國王和王后派宮廷巨龍來護送正直無畏的騎士謝利連摩。

我向他致意，客氣地問：「呃……我們在哪裏？」

小精靈回答我：「我們身在

花仙國

——位於夢想國邊界的幾個國家之一。這個國家幅員遼闊，這兒的統治者和人民熱愛大自然和一切大自然的元素。事實上，當你看到宮廷花園時，就會明白這個王國的人民是多麼熱愛大自然。」

我一頭霧水，問：「我以前漫遊夢想國時，從未聽說過此地。你能告訴我……為何帶我來這裏嗎？」

「花仙國的國王和王后會向你解釋這一切。請隨我來，你很快就會明白！」小精靈回答。

他領着我來到宮殿內最大的皇殿內，那裏中央設有兩個蓮花形狀的寶座。國王和王后在寶座上向我真誠致意。國王站起身，向我走來。

精靈為我介紹：「正直無畏的騎士，這兩位是蓮花國王與幸福王后。」

我深深鞠了一躬：「我很榮幸認識你們！」

幸福王后向我微微一笑，然而她的神情看上去十分悲傷。

蓮花國王握住我的手爪，鄭重地說：「我們久仰你的大名。謝謝你來此地，騎士！」

我回答說：「呃……其實我不是什麼騎士……再說，有什麼值得感謝的呢？我什麼也沒有做啊！」

蓮花國王還沒開口，我就發現大廳另一邊有一大羣我在

夢想國

結識的朋友們湧進來！

他們包括：文學蛙斯咕嚕．賴嘰嘰、精靈國噌噌王朝的味噌國王、矮人國的國王柏拉徒和王后費

莉亞、食肉魔部落的廚娘，還有

仙女國皇后芙勒迪娜！

我能夠見到她真是高興了！她可是整個夢想國最耀眼、最美麗動人的仙女。

我依次擁抱朋友們：「伙伴們，什麼風把你們都吹過來？是節日聚會嗎？」

他們頓時臉色一沉，變得愁雲慘霧，看來他們一定遇到了**棘手的大麻煩**。

藍寶石水滴狀

翡翠葉子狀

芙勒迪娜皇后對我說：「騎士，我們都聚集在花仙國，是因為這裏需要我們！確切地說，這裏需要你！」

幸福王后歎了口氣，向我解釋說：「我們的五個女兒都被擄走了！」

什麼什麼什麼？

公主們都被擄走了？！

我連忙問：「怎麼擄走？在哪裏？為什麼呢？最重要的……是誰幹的？」

芙勒迪娜皇后告訴我：「公主們在花園裏，然後就突然……失蹤了！」

「這幕後黑手就是魔石國的王后——**黑石女巫**！」亞莉莎插嘴說，「那個國度十分荒涼，那裏到處都是石頭……就連天上的雲彩，都是石頭！」

咕吱吱……真恐怖啊！

我的腿變得像融化的冰淇淋一樣軟……那裏一定是個可怕的地方！

「騎士，你看！」芙勒迪娜皇后指給我說，她從抽屜裏取出一個首飾盒，裏面放了五頂王冠，每一頂的做工都很精細，鑲嵌着不同形狀的寶石：

第一頂翡翠葉子狀……

第二頂藍寶石水滴狀……

第三頂鑽石星星狀……

第四頂蛋白石蜻蜓狀……

第五頂琥珀麥穗狀……

幸福王后解釋給我聽：「這些是我女兒們的王冠，象徵着守護夢想國大自然的各種元素。可是，某個黑石女巫手下的爪牙把她們擄走了，並留下一張女巫的字條……」

哆哆哆……我嚇得牙齒直打架！

我結結巴巴地問：「什……什麼字條啊？」

芙勒迪娜皇后說：「上面寫着：

來接回你們的女兒呀，如果你們有

這個膽量！」

賴嘰嘰清清嗓子，說：「陛下，其實她的意思是，你們想救回愛女，就得先擊破我的法力！」

我好奇地問：「呃……什麼法力？」

幸福王后解釋說：「黑石女巫可用法術把一切變成**石頭**，如今公主的生命危在旦夕，我們必須儘快救出她們！」

我嚇得從尾巴到鬍子直哆嗦，問：「可是誰能潛入魔石國呢？」

國王和王后的**眼睛**閃出希望的光芒：「你啊，騎士！」

我辯解說：「我才不是什麼騎士！」

花仙國的王后拉開大衣櫥，只見裏面放着一套閃閃發光的

幸福王后肯定地說：「你就是！這是我們為你準備的，騎士！」

巨龍潭傳說

我穿上鎧甲，結結巴巴地說：「幸福王后，我很……很希望助你一臂之力，可我並……並非像你想的那麼勇敢！我是隻小老鼠，一隻普通的小老鼠，很膽……膽小的老鼠！」

幸福王后伸出一隻手輕撫鎧甲，直視我的眼睛說：「騎士，我們信任你！

你也應該信任我們。傳說曾預言，你是唯一一個可以肩負此重任的勇士。」

我的聲音細得像蚊子：「但……我並沒有能力可以戰勝邪惡的女巫！這當中一定發生了什麼誤會……」

咕吱吱，我可不想被女巫變成一塊石頭，就像鋪在妙鼠城噴泉池底的那些石頭一樣！想到這裏，我就渾身發抖！

王后卻不依不饒：「我打從心底裏確信你就是來拯救我們的騎士。更何況，

古老的巨龍潭傳說

早已有預言！」

什麼什麼什麼？ 古老的巨龍潭傳說?! 我對此一無所知！

我回答：「肯定有什麼誤會……我根本不知道巨龍潭傳說是什麼！」

王后對我說：「請隨我來，騎士。」

她向芙勒迪娜皇后和蓮花國王示意，隨後我們一起走出王宮。

賴嘰嘰、味噌國王、柏拉徒和費莉亞，還有食肉魔部落的廚娘跟在我們身後。

我們穿過一片小樹林，橫渡一條小澗……嘩啦！嘩啦！

我們邁過一條石頭小徑，走過一片沼澤地……嘩啦！嘩啦！

我們路過一片農田，又踏上一條小路……沙沙！啪啦！

我們來到一片林中的空地，空地上有一間小木屋。

我們一個接一個地從它的小木門鑽入屋內。只見屋子裏布滿灰塵，屋子中央放了一個被蛀掉不少的**木架子**，上面擺着一卷羊皮紙。那**羊皮紙**非常古老，上面的字跡已經變得模糊了，我幾乎無法看清上面寫的字。

幸福王后宣布説：「這紙上記載着古老的巨龍潭傳説！幾個世紀以來，它一直由我們花仙國保管收藏。」

我瞇縫着眼睛，試圖辨認羊皮紙上的文字……

咕吱吱！難道是説我就是那位騎士？!

我依然看不清楚！我正打算靠近木架子繼續讀……突然什麼東西跳到我面前。

這究竟是怎麼一回事？!

在我面前，竟然出現了……

在玩疊羅漢的小精靈！

古老的
巨龍潭傳說
和平與安寧將會
被一位女巫掠奪；
五位公主被擄走，
關在邪惡的王國。
唯一能救出她們的，
是一位偉大的騎士。
隨他去的五條巨龍，
本居住在海中的島嶼。
騎士卻能識別
他們純淨的心靈！
第一條十分勇敢，
第二條非常真誠，
第三條異常聰明，
第四條古靈精怪
卻又十分出眾，
最後一條樂觀向上，
他的性格十分陽光！

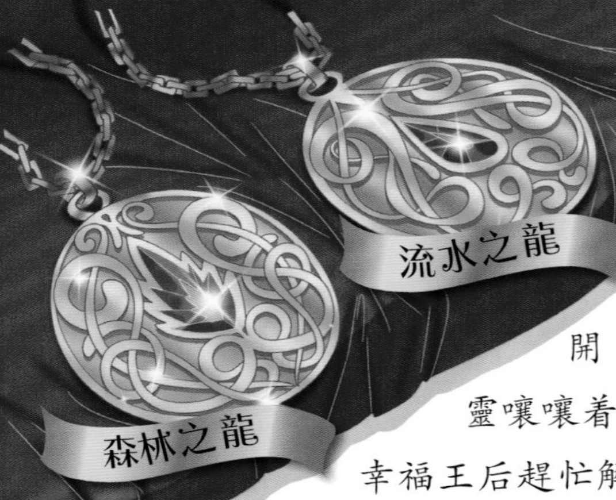

「唏！快把你的爪子從紙上移開！」站在最上面的小精靈嚷嚷着說。

幸福王后趕忙解釋說：「朋友們，不用怕。他正是傳說中提到的騎士！」

小精靈交頭接耳地議論：「是他？他他？他他他？這麼矮小？這麼瘦弱？沒有力氣？」

「呃……」我正打算辯解。

王后向我解釋說：「這些是愛說笑的小精靈。這份記載了巨龍潭傳說的羊皮紙一直由小精靈們保管……」

我開口問：「你們誰知道巨龍潭是個什麼地方嗎？」

「就是**巨龍們居住的島嶼！**」

王后回答說。

「那裏居住着五種巨龍，他們的性格不盡相同，各有特點。

森林之龍，他們以勇武著稱。

流水之龍，他們的性格十分真誠。

高山之龍，他們的智慧令人讚歎。

沼澤之龍，他們的機靈才智讓你刮目相看，

鄉野之龍，他們的性格積極樂觀，很有感染力。

蓮花國王補充介紹：「我們的王國和巨龍族之間世代交好，因為花仙國的第一代國王正是從巨龍族那裏學到了如何愛護自然

從那時起，我們的國民，如同巨龍們一樣，世世代代守護着我們身邊美好的大自然！」

芙勒迪娜皇后吩咐我：「騎士，你要立刻啟程前往巨龍潭，設法找到傳說中的巨龍。然後，你們再一同前往魔石國。我相信你們一定會成功！」

大家一起為我打氣，說：「騎士，加油！」

朋友們的加油讓我振奮，儘管我依然感到害怕，我也下定決心，決不能丟下小公主們，敗給

邪惡的女巫！

我清清嗓子，宣布：「皇后陛下，我將聽從你的指示，立刻前往巨龍潭！你們可有誰願意跟我同去？」

芙勒迪娜皇后回答：「傳說中只提到

因此，既然預言如此，你只能獨自上路！」

禮物……真正的禮物

當我知道我必須獨自上路，我頓時像洩了氣的皮球般沒精打采。

我抱怨說：「那些巨龍會把我烤成鼠肉串！我甚至可能未及見到黑石女巫，就已經一命嗚呼！」

芙勒迪娜皇后安慰我說：「振作點，騎士！我們會助你一臂之力。我們為你準備了幾份**禮物**。這樣，哪怕我們相隔千里，只要你拿出這幾件禮物，你就能想起我們，再也不會覺得孤單。」

送你一本書！

賴嘰嘰第一個掏出送給我的禮物，原來是一本**書**，確切地說，是一本頁數很多、十分厚重的書！

我的癩蛤蟆朋友自豪地

說：「騎士，我知道你會十分想念我精彩絕倫的詩篇、旁徵博引的見解，還有我激情澎湃的情感。因此，我決定贈給你這本

詩歌精選集！」

他翻開這本大書，為我朗誦其中的詩句：「章魚們歎息着把歌兒唱，礁石們黑乎乎變了模樣……」

賴嘰嘰自豪地宣布：「呵呵，這首詩是我的得意之作！」

咕吱吱……這首詩聽上去十分無聊！天知道其他的詩會怎樣……可我不想掃他的興致，於是我說：「謝謝你，我一定會好好閱讀！」

這時，味噌國王掏出一支銀色的**短笛**，送給我。這支笛子十分小巧，我可以輕易把它握在手爪裏！

接着，食肉魔**廚娘**上前一步，遞給我一個大籃子。難道我的這位朋友為我準備了美味的點心嗎？！

食肉魔廚娘高興地宣布：「尊敬的騎士，我特別為你烘培了一大盤

香噴噴的廚娘特色點心！」

我掀開籃子的蓋……立即有一股混合着洋葱和腥肉的臭味撲面而來，熏得我差點昏過去。

食肉魔廚娘告訴我：「這可是最美味的點心！一路帶上它，你就不會餓肚子啦！」

事實上，她做的點心都十分巨型，外形上看……實在是**不敢恭維**。

廚娘特色點心

如果你想烘培廚娘特色點心，
那這些食材可是必不可少！

- 將大蒜切成碎末，塞在女巫的拖鞋裏發酵。
- 收集狼人的眼屎，醃泡在鼻涕蟲黏液裏。
- 食肉魔傷口的痂皮
- 把洋蔥和千年老龜殼混合，然後榨成汁。

準備好這些食材後，請你將其混合，並
連續攪拌三天三夜，待混合物變成糊
狀，將它們放在火爐裏烤，就可以做出
美味點心啦！

待我讀完這份食材清單，我的臉變得像莫澤雷勒乳酪一樣蒼白！

食肉魔廚娘補充說：「我要提醒你，不要一次吃光啊！最好每次吃幾口，這樣你整個旅途上就有美食相伴啦！」

我拼命忍耐，總算沒被**臭味**熏倒。

我回答：「我一定……呃……盡量不要太快吃完。謝謝你，廚娘朋友！」

大家真的都很照顧我呢！

可是，面對這麼多禮物，我該怎樣把它們全都帶在身上呢……

這時，柏拉徒和費莉亞來幫忙啦。

矮人國國王柏拉徒對我說：「正直無畏的騎士，你又怎能負重出遠行呢！我們已經為你準備了一個**無底背包**來收納所有的禮物。」

柏拉徒遞給我一個十分迷你的小袋子……

我感激地說：「謝謝，這份禮物真棒！可是，它的尺寸……這麼小，怎麼裝得下所有禮物……」

矮人國國王爆發出一陣大笑：「哈哈哈！你可別被它的外表欺騙了！這個背包很特別……它甚至裝得下……一條**巨龍！**」

矮人國國王示意我將所有收到的禮物……一件接一件……放入背包裏……所有的禮物居然都輕鬆地裝了進去！

我狐疑地問：「這是怎麼一回事?!那些東西都去哪兒了?!」

柏拉徒微微一笑，說：「你等着瞧……」

他將手伸進背包，又將所有禮物一件一件掏了出來。我驚訝地睜大眼睛，驚呼道：「太神奇了！謝謝你！」

芙勒迪娜皇后向我走來：「騎士，我也有一份禮物要送給你。」

她彎下腰，在我額頭上印了一個吻。

咕吱吱，我激動得鬍鬚亂顫。

仙女國皇后對我說：「這個吻象徵着我們大家對你的愛。在你需要時，它會帶給你勇氣！」

我該啟程了……臨行前，花仙國的國王和王后送給我最後一份禮物。

幸福王后將記載着古老傳說的羊皮紙卷塞進我的手爪：「騎士，帶上它吧。它會指引你的道路！」

我感動得鬍鬚微微顫動。

「謝謝，幸福王后！謝謝，蓮花國王！」

大家抵達宮殿大門，花仙國的宮廷巨龍在此等候着我。

幸福王后向我解釋：「我忠誠的巨龍朋友會載着你前往巨龍潭。抓緊時間，騎士……畢竟對於被擄走的公主而言，每一分鐘都很珍貴！祝你好運！」

伙伴們齊聲說：

「祝你好運！」

芙勒迪娜皇后微笑着為我送行：「騎士，一定要帶公主們回來啊！我們一直等着你……」

我盡力擺出自信、勇敢的神態，鄭重地宣布：「以我正直無畏的騎士名義發誓，我絕不會辜負你們！」

我爬上巨龍的背，向大家揮手。

巨龍載着我直入雲霄，徑直向那神秘莫測的巨龍島嶼飛去。而我腦海裏一直盤旋着一句話：

咕吱吱，我好害怕呀！

鄉野之龍國

沼澤之龍國

流水之龍國

巨龍潭

巨龍棲息之島

嘻！嘻！嘻！

宮廷巨龍載着我在高空飛翔，我們一起俯瞰夢想國的領土。

咕吱吱，我很害怕啊！天知道前方等着我的會是什麼命運。巨龍們會不會脾氣暴躁？他們會不會喜歡吃鼠肉？當我還在胡思亂想，巨龍潭已經出現在大海中央，這片島嶼的形狀就像

巨龍向下俯衝，在我耳邊長嘯：「享受降落的過程吧，騎士！」

我從高處望去，整片島嶼就像調色盤一般色彩繽紛，綠色的森林、白雪皚皚的山脈、黃色的稻穀地，真是一片非常美麗的景致！

我們在海岸邊的空地上着陸了。

這次旅途如此漫長，以至當我從龍背上爬下來時，感到渾身痠痛，全身的骨頭都快要散架了。

我的巨龍朋友用臉蹭蹭我的鎧甲，然後哼唱着向我告別：「很抱歉，我無法隨你同去，祝福你旅途一切順利！」

我嗚咽着說：「我很想和你在一起！」

宮廷巨龍振翅高飛，踏上了返回花仙國的歸途。我望着巨龍遠去的身影，直到他偉岸的身軀在天空中化為一個小黑點。此刻，我感覺如此……

我孤零零一個留在這片未知的土地上！唉！

就在此時，有誰扯了扯我的尾巴……

我轉過頭，可誰也沒看見。

「誰……是誰啊？」

「我在這兒呢，騎士！」

我呆住了，這聲音從哪兒來的？

緊接着，我的尾巴又被扯了一下……

「我在這裏。你沒看到我嗎？」

就在此時，一個小身影躍入我眼簾，停在我的腳爪旁邊。

「你好啊，騎士，我是吉米娜，你可以叫我吉吉！」

只見一個身材嬌小、古靈精怪的小精靈站在我面前。

我目瞪口呆，問：「你從哪裏來？你來這裏幹什麼？」

她跳來跳去地回答：「你一直沒發現，其實我從花仙國開始，就和你們一同旅行了！我一直坐在龍背上，就躲在你身後！其實我一直想遊歷世界，

小精靈吉米娜

小精靈吉米娜，暱稱吉吉，她是一個喜歡冒險、十分大膽的小精靈。她夢想要去周遊世界，到遙遠的國度探秘。她很容易就發脾氣，還經常闖禍，不過她很聰明，總能為朋友出謀劃策解決問題。

對她而言，有兩樣東西最珍貴，那就是她的家庭，還有一張她藏在大帽子內的肖像畫！

四海為家！怪獸們，看到我都要懼怕！女巫們，你們等着瞧！食肉魔們，你們小心點兒！還有……」

「嗨，等……等等！」我插嘴說，「你可不能和我一起同行。預言裏說……說只有一位騎士踏上旅程！」

吉吉不依不饒地說：「預言裏說的是一位騎士，而不是只有騎士孤零零一個！我又不是騎士，在這兒仍然只有你一位騎士啊！！我可以擔任你的小助手！」

她從口袋裏摸出一個由小樹枝和胡桃殼做成的**極杈**，裝模作樣地

前後
左右
上下

比畫着，嘴裏唸唸有詞。

「敵人在哪裏？我命令你快快現身！還不乖乖投降！」

我的命好苦啊！我有一種預感，這個調皮的小精靈會給我惹來很多麻煩。

為什麼、為什麼、為什麼

我要經歷這一切呢?!

我走進森林，一邊勸說她：「你的爸媽會很擔心！你還是快回家……」

話音剛落，我就滑到一個

巨大的、

深邃的、

應該說深不可測的大坑邊緣！

這個大坑的洞口覆蓋着很多樹葉。因此，我一不留神就滑到了大坑的邊緣，陷入危險……

和精靈做朋友

吉吉跳上附近的大石頭，吃力地抓住一根柳條，伸過來給我：

「騎士，快抓住柳條！」

我費了九牛二虎之力，總算抓住了柳條，然後……得救了。

我感激地對小精靈說：「謝謝……呼哧！……吉吉！你……救了……我的命……呼哧！」

她有些困惑地盯着我：「我想，你倒是很有引人發笑的天賦！

」

我納悶地說：「你在笑什麼？」

「你的鼻尖上插着一個**栗子**殼！」她樂不可支地回答。

以一千塊莫澤雷勒乳酪的名義發誓，難怪我鼻尖上隱隱刺痛！真是狼狽萬分！

我摘掉栗子殼，抖掉鎧甲上的**樹葉**，試圖冷靜下來，以保持我作為正直無畏騎士勇武的形象。

吉吉高聲對我說：「你看上去傻乎乎，可大家都說你是夢想國最偉大的英雄。那麼，我能和你一起走嗎？我能和你一起走嗎？我能……」

在她的大嗓門把我的耳朵震聾前，我趕忙回答：「可以，沒問題！你可以和我一起走！」

其實，在我內心深處，也為找到一位可愛的伙伴而高興。吉吉說得有道理，她並不是一位騎士，因此不會違背古老的傳說預言。

我們繼續前進。小精靈一路上歡呼雀躍：「呵呵！萬歲！出發了！媽媽和爸爸會為我驕傲！你們等着瞧……」

就在這時，一個小木筒從吉吉的帽子裏掉了出來。我打開木筒，從裏面拉出一卷紙。

「這是我的

畫像！我一直隨身攜帶它。」

咕吱吱，看來她是來自一個很大的家族呢！

吉吉蹦蹦跳跳地對我說：「這幅畫像，是我們全家在慶祝我的外——外——外祖父長壽爺三百歲大壽時所畫的。」她指了指畫面中間一位留着長鬍子的老精靈，原來他就是長壽爺！

吉吉繼續指給我看：「這個，是嫲嫲多彩婆，還有舅舅闖禍伯。這位是我的姑姑蝴蝶仙，和我最喜歡的舅母玩笑姑，還有她的兩個雙胞胎皮皮和球球。這位是我的表兄活力哥，還有這位……」

吉吉依次為我講述畫上許許多多個家庭成員的姓名和關係。哎喲，我哪記得住這麼多名字？真讓我頭昏腦漲！

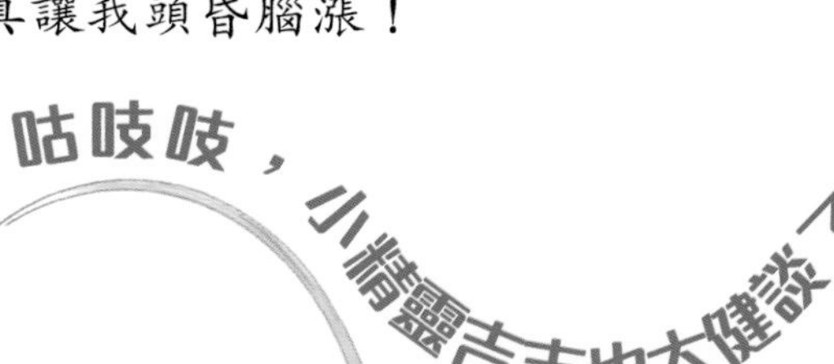

小精靈很喜歡吃橡子
和核桃，你能找出圖
中一共有多少顆橡子
和核桃嗎？

吉吉精靈家族的畫像
答案：一共有十四顆橡子和核桃。

吉吉喋喋不休，直到介紹完畫像最旁邊一個小精靈的身分後，才意猶未盡地將畫像重新捲起來放進小木筒，並小心地放進帽子。她宣布：「好啦！我已經向你介紹了我所有的家族成員，現在言歸正傳，我們現在要去哪裏？」

我將手爪伸進背包，掏出花仙國王后給我的**羊皮紙卷**。

我攤開羊皮紙，讀起古老的傳說：「……第一條十分勇敢……花仙國王后曾告訴過我，森林之龍以勇氣聞名。我們現在要前往森林之龍國，尋找這個國度中最勇敢的巨龍。」

吉吉激動地歡呼：

「好棒啊！

森林裏是不是潛藏了各種千奇百怪的生物？毛茸茸的大蜘蛛，還不速速放下爪子！**噴毒液的大蟒蛇**，

毛茸茸的大蜘蛛，
速速放下爪子！

我要把你的身體綁成蝴蝶結！」

我們步入叢林，繼續前行，森林中的樹木變得越發高大茂密。

一路上，森林中的樹越來越高，越來越高，簡直變得……像

一樣高！

我們終於進入了

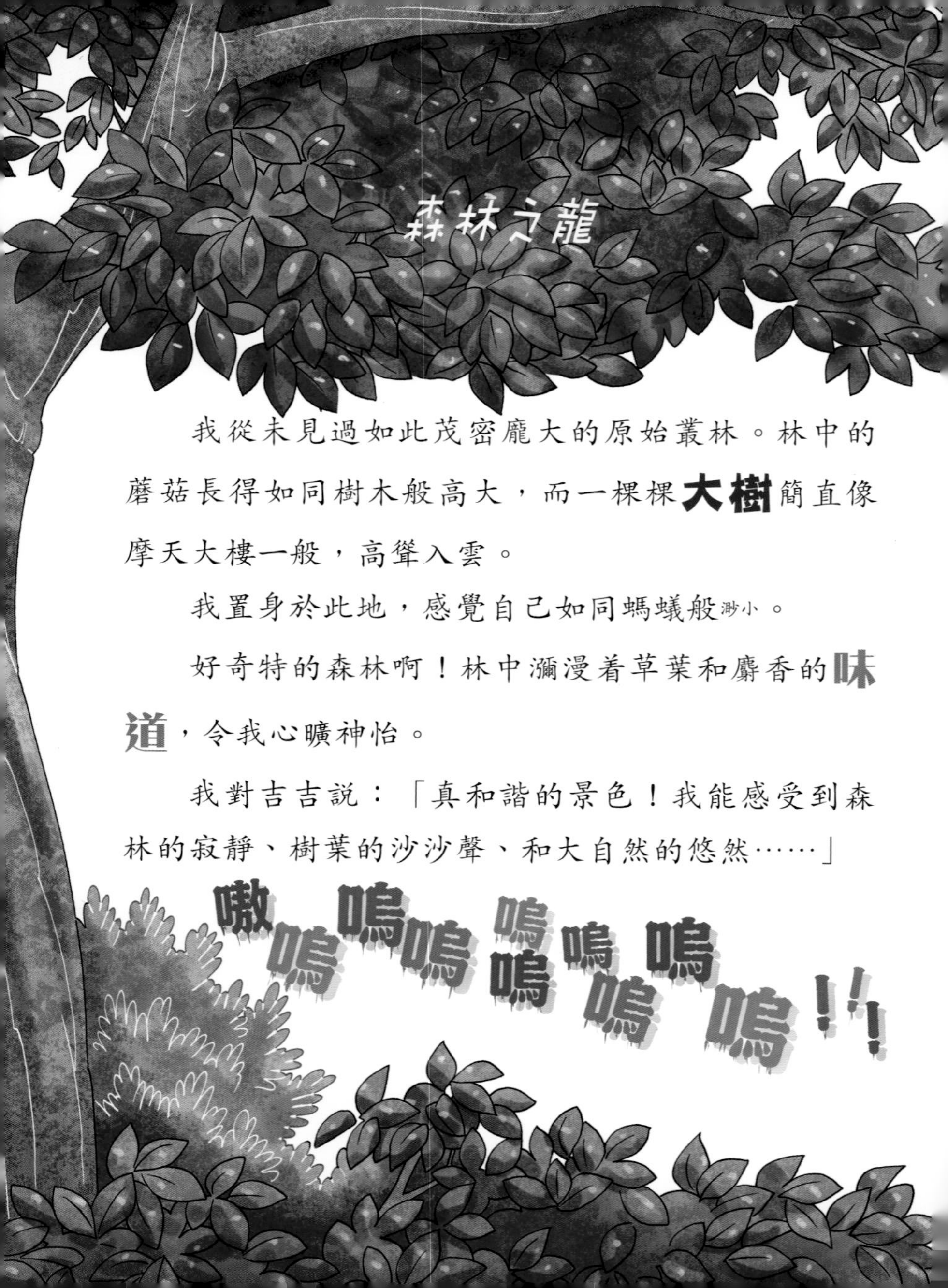

森林之龍

我從未見過如此茂密龐大的原始叢林。林中的蘑菇長得如同樹木般高大，而一棵棵**大樹**簡直像摩天大樓一般，高聳入雲。

我置身於此地，感覺自己如同螞蟻般渺小。

好奇特的森林啊！林中瀰漫着草葉和麝香的**味道**，令我心曠神怡。

我對吉吉說：「真和諧的景色！我能感受到森林的寂靜、樹葉的沙沙聲、和大自然的悠然……」

嗷嗚嗚嗚嗚嗚嗚嗚嗚嗚!!!

一陣可怕的咆哮聲劃破長空。

我放眼望去……發現上空出現了一個龐然大物——

一條巨龍！

他降落在我面前，噴着鼻息説：「不好意思，我沒嚇着你們吧？」

*什麼什麼什麼？！*難道他不是來吃掉我們的？！

我嘀咕着回答：「呃……是有點兒嚇着了……」

這隻巨獸咧開嘴，露出滿口**尖牙**，問我：「你就是正直無畏的騎士？」

吉吉搶着回答：「沒錯，正是他！而我是他的助手——吉吉。」

森林之龍國
超級火焰
超市
風之葉
電影院
麝香旅館
巨龍理髮屋
這些房子居然建在大樹上啊！

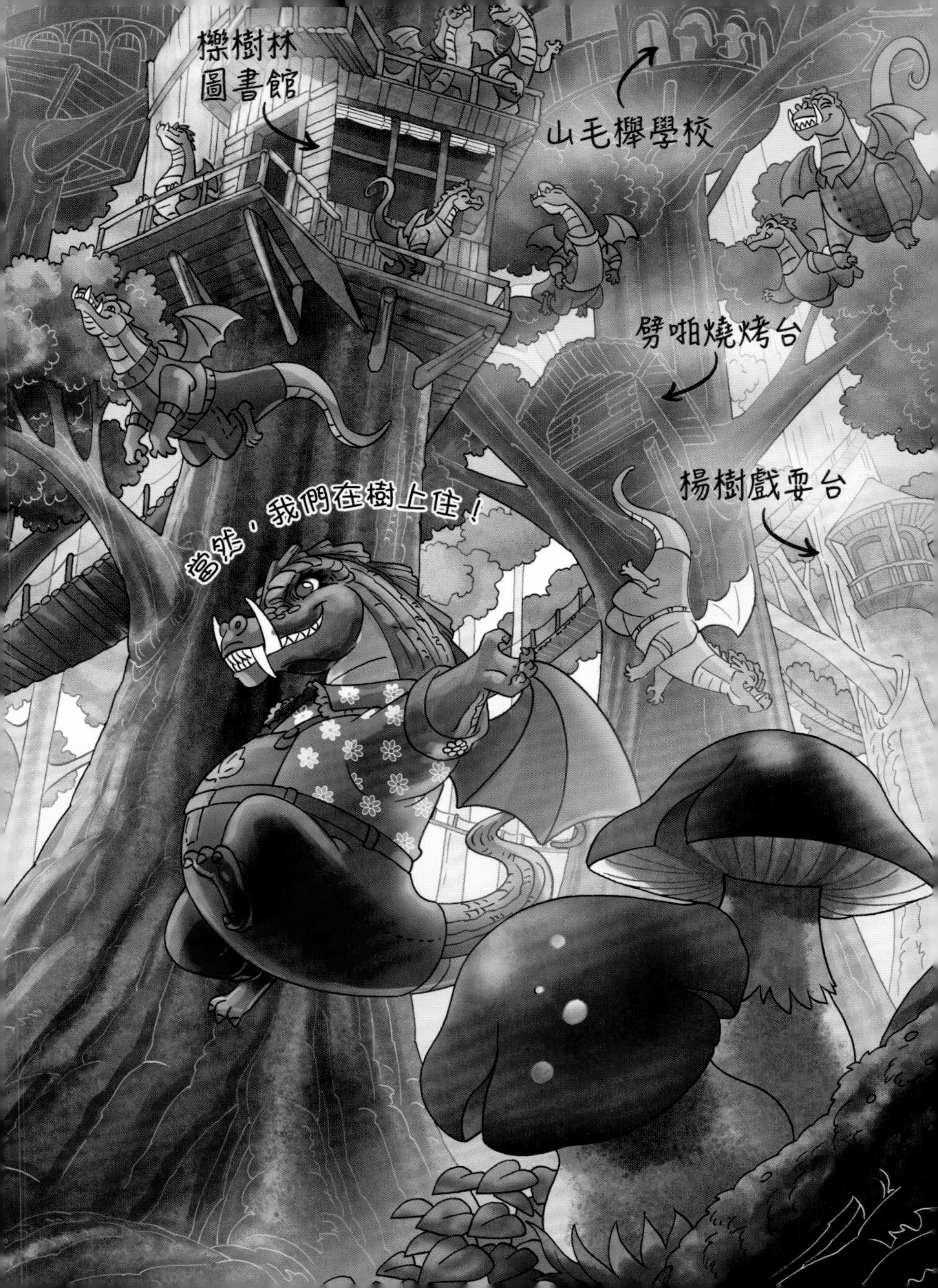
櫟樹林
圖書館
山毛櫸學校
劈啪燒烤台
楊樹戲耍台
當然，我們在樹上住！

一位龍小姐向我友好地伸出手，自我介紹說：

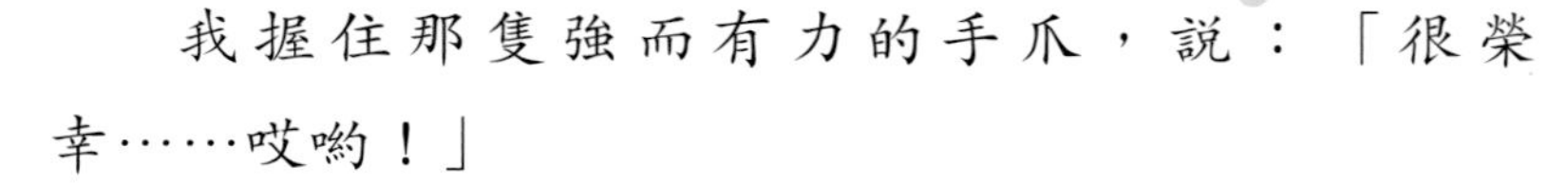

我握住那隻強而有力的手爪，說：「很榮幸……哎喲！」

那位龍小姐的體形並不是非常巨大，卻非常強壯。

楓葉妹說：「很高興認識你們！猴麪包國王會很樂意見到兩位！請隨我來，讓我帶你們去王宮走轉一轉！」

我的臉變得和乳酪一樣白：「王宮？你是說飛着去嗎……？」

楓葉妹回答：「當然！我們居住在**樹**頂！」

我的命好苦啊！我一分鐘也不想停留在那麼高的地方！我有畏高症！

但我一想到自己肩負的重任，和失蹤的公主們……我就下定了決心必須救出她們！

吉吉和我跨上龍背，楓葉妹便急速升向樹頂。

小精靈在我耳邊歡呼：「嘩啊！太刺激啦！你看你看，我們飛得多高！」

而我則閉起眼睛，拚命緊緊地抓住楓葉妹的脖子，感覺渾身的毛髮被風吹得凌亂不堪*（好可怕啊！）*，戰戰兢兢地說：「最好還是別看了……」

我們降落到**猴麪包樹王宮**的平台上。

國王出來迎接我們：「歡迎來到森林之龍國！」

國王朝我微微一笑，露出一百三十顆**尖牙**，好可怕啊！可是，我必須裝作若無其事。

他伸出爪子和我握手*（差點把我的手爪握斷啊！）*，一邊向我致意：「騎士，我們久仰你的大名。今天是什麼風把你吹到這兒來了？」

我彎腰鞠躬，**恭敬**地說：「我代表花仙國的國王來到此地，希望能與貴國最勇敢的巨龍一起，救出國王的女兒們。她們被女巫擄走，身處險境。」

我一邊說着，一邊拿出古老的羊皮紙卷讀給他聽。

猴麪包國王有些尷尬地嘀咕着說：「呃……是的，傳說是這樣流傳的……巨龍國和花仙國關係也不錯……不過現在，你想不想先飽餐一頓？你一定餓壞了！」

真奇怪！猴麪包國王似乎並無興趣聽我講述古老的傳說……

作為以勇武著稱的森林之龍國的統治者，國王對此次救人的重任卻沒什麼興趣……

國王拍拍翅膀，吩咐道：「白樺龍！山毛櫸

龍！速速請廚子準備一頓大餐！」

然後，他轉身對我說：「趁着還沒開始進餐，我帶你在王國各處逛逛吧。我們的城市建於參天大樹之上。建築物之間由很多條

長長的吊橋

相連……我們面前的這座建築是山毛櫸學校，旁邊的是櫟樹林圖書館。我們還有一座電影院。對了，今晚即將上映精彩史詩式巨片《風中猛龍》。那邊是給孩子們玩樂用的楊樹戲耍台，還有烹調美食的劈啪燒烤台。」

突然，我注意到不遠處有一座看似是健身室的房子，可上面結滿蛛網，布滿灰塵。

我好奇地問：「這座健身室看上去廢棄很久了！」

國王的臉突然漲得通紅，他結結巴巴地趕快轉移話題……毫無疑問……

……國王有什麼事情瞞着我！

真壯觀！

白吃白喝的傢伙來了！！！

我們坐在一張**巨大的餐桌**旁，餐桌邊還坐着很多巨龍。我剛瞥了一眼餐盤中的菜餚，就不禁口水直流，看來巨龍們為我們準備的大餐真是非常豐盛啊！

有各種各樣的**蘑菇**美食，包括：烤蘑菇、醬燒蘑菇、炸蘑菇、蘑菇餡餅、橄欖油拌蘑菇、檸檬汁蘸蘑菇、焖蘑菇、歐芹配蘑菇、還有各種點心、蛋糕、烤薯片、還有一個巨大的果醬餡餅……

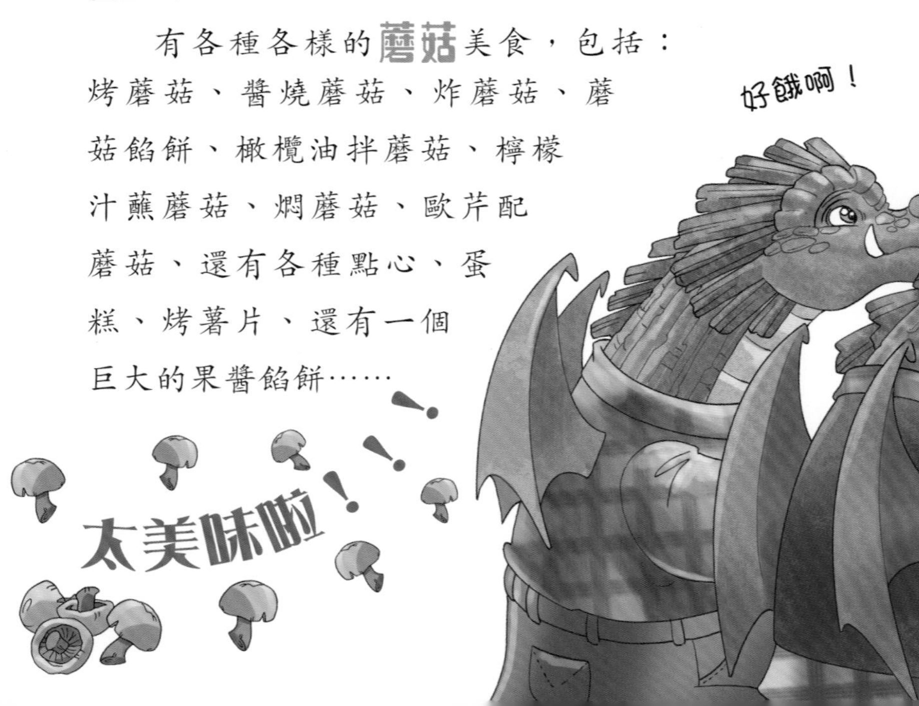

吉吉尖叫道：「這頓飯比我外——外——外祖父長壽爺三百歲大壽時的壽宴還要豐盛呢！」

我望着面前的**美食**，感慨地說：「謝謝大家如此熱情地招待我們！」

巨龍們安靜片刻，露出微笑，開始壓低聲音小聲交談……

奇怪！好像他們怕誰聽到他們的談話似的！

突然，我聽到遠方傳來一陣陣**咕嚕咕嚕，**

呼哧！呼哧！

霍霍！撲棱！

巨龍們警覺地叫起來：

「啊，不會吧！」

「又是他們！」

「那些白吃白喝的傢伙來了！！！！」

我抬頭望去，只見一羣龍族朝我們頭頂上飛來……確切地說，他們彷彿一羣醉漢般跌跌撞撞、搖搖晃晃地朝我們衝過來。

那羣龍衝向我們，口中唱着走調的小曲……

他們徑直在餐桌上着陸了，骯髒的腳爪弄髒了餐桌。

他們中體形最大的一個，看似是首領的龍，說：「嘿，好吃的都在這兒？你們居然準備了如此豐盛的開胃小菜！不過……其他的主食在哪兒呢？你們可要知道我們是**大胃王**！」

霸王客團夥

他們是一羣專吃霸王餐的大胃龍。巨龍島嶼上沒有誰知道他們來自何處，但是幾乎所有巨龍都對他們的所作所為早有所聞。他們一共是五條龍，經常在大家節日聚會、慶祝，吃早餐、午餐、晚飯和飯後甜品時出現！

胖喉龍

他是霸王客團夥的首領，也是最貪吃的。即使遠在千里之外，他也能嗅出美食的味道。

他的名言是：你來做飯，我來大吃大喝！

開胃龍

千萬不要被他苗條的身材欺騙了。他比猛獸還要貪吃！

孿生姊妹呱呱和唧唧

她們兩個是形影不離的姊妹，經常為誰來吃最後一口打得難捨難分。

肥肚龍

他總是吃不飽肚子。

一旦發現他在四周徘徊，你可要小心啊！

為食龍

他看上去彬彬有禮、很有教養。他的性格溫和敏感。他總是在其他霸王客酒足飯飽時，獨自默默地收拾雜亂的餐桌。

「你說的有道理，胖喉龍，不過這次我們就放他們一馬吧……」另一條身穿晚禮服的瘦龍說。

另一頭體形較小戴着牙套，身後掛着背包的龍不停跟大家致歉：「不好意思，我們打擾你們吃飯了……不好意思，不好意思！」

兩頭孿生姊妹龍，呱呱和唧唧，笑得前仰後合，用爪子捧住肚子：

「嘩哈哈哈！嘩哈哈哈！嘩哈哈哈！

為食龍，你還是和往常一樣懦弱！你怎麼就不能好好享受啊？」

他們的首領一聲令下：「現在別說廢話！

快吃飯啦！」

一聽到這聲命令，那五條龍立刻躍上餐桌，風捲殘雲般吞下了桌上的全部食物！

吉吉的臉漲得像個紅番茄：「這些不知羞恥的傢伙，讓我來收拾你們！你們要是再胡來，就嘗嘗

我椏杈的威力！」

而那些森林巨龍們卻誰也不敢吭聲。

真奇怪！他們的勇氣都去哪兒了？

我走到猴麪包國王身旁，問他：「你為什麼要容忍這些壞傢伙胡作非為？」

猴麪包國王尷尬地歎了口氣：「幾年來，他們一直如此，飛揚跋扈。我們曾試着反抗，卻沒什麼效果，現在我們也沒力氣鬥爭了……」

原來，這就是森林之龍國國王之前對我隱瞞的情況，他們多年來一直容忍謙讓，喪失了抗爭的**勇氣**。現在的森林之龍，是一羣膽小怕事之徒！

這麼看來，我並不是夢想國中最膽小的啦？

我必須幫助他們重拾勇氣！

最勇敢的龍！

就在此時，霸王客們抹抹嘴巴，留下一片**狼藉**的餐桌。他們吃得肚滿腸肥，只見桌上的碗碟盤子都疊得很高，東倒西歪。

霸王客們一個個攤坐在椅子上，心滿意足地打着飽嗝，拍着肚皮：

「真好吃！」

「**真飽啊！**」

「真過癮啊！」

除了一條龍例外。

他們當中一個戴着眼鏡的年輕小龍默默地清理碗碟，收拾其他龍留下的混亂殘局。

胖喉龍取笑他說：「嘿，為食龍！你既然這麼勤快，為什麼不去把森林之龍族的內褲也洗了啊？

嘩哈哈哈！嘩哈哈哈！嘩哈哈哈！」

其他的幾個霸王客也爆發出粗魯的大笑聲：

「**嘩哈哈哈！嘩哈哈哈！嘩哈哈哈！嘩哈哈哈！嘩哈哈哈！嘩哈哈哈！**」

為食龍的臉紅得像辣椒。他看上去和那些粗魯的傢伙毫無相似之處。

但是，森林之龍族都縮在角落裏，大氣也不敢呼，任憑霸王客們羞辱取笑。

胖喉龍抹抹嘴巴：「現在我們該撤退啦，去看看還有哪兒可以**飽餐一頓**。喂，你們速速將剩下的食物給我們打包帶走！我們要拿來在路上當零食吃！」

什麼什麼什麼？! 儘管我只是隻弱小的小老鼠，聽到他們如此**橫蠻**的要求，也不禁氣得鬍鬚發抖。

我對森林之龍說：「你們必須給這些霸王客點顏色看看！他們怎能如此放肆！」

楓葉妹附和我說：「你說的對，騎士！」

肥肚龍兇狠地瞪了我一眼，大喝一聲：「嗷嗚，小心我把你的鬍鬚拔光！」

森林之龍國的廚師**鐵勺龍**忙不迭地鑽進廚房，提着**一大袋**打包的點心出來了。開胃龍毫不客氣地接過袋子，隨後和其他霸王客一起，準備溜之大吉。

臨走前霸王客的首領回頭吩咐：「你們給我記住，下次要在蛋糕上多塗點巧克力！」

「你說夠了吧！」

一把聲音憤怒地呼喊。

霸王客們驚訝地回過頭，森林之龍國的一眾龍族也都驚呆了。

原來，是楓葉妹！她獨自在霸王客們起飛的跑道上攔着，毫不畏懼地盯着他們。

楓葉妹毫不客氣地反駁：「夠了！一直以來我們對你們太過**慷慨**了！」

吉吉在一旁拍手：「沒錯！說得對！楓葉妹，做得好！」

楓葉妹鄭重地說：「從今以後，不許你們再來剝削我們。我們可是森林之龍族……絕不會允許你們胡作非為！」

胖喉龍終於意識到，楓葉妹動怒了！他轉過身像老鼠一樣從吊橋上快速溜走。楓葉妹隨即靈巧地躍到空中，抓住吊橋上的繩索，開始不停地

旋轉、旋轉、旋轉……

胖喉龍甚至來不及叫一聲：「嗷嗚！」，就已經像糭子一樣被捆住了。

吉吉和我雀躍歡呼：「**幹得漂亮，楓葉妹！**」

我高興得跳起來，卻忘了自己站在懸掛在半空中的吊橋上，差點從吊橋上摔下去。

楓葉妹，做得好！
救命！

其他幾個霸王客看到形勢不好，轉身就逃。不過，森林之龍族在楓葉妹的帶頭鼓勵下士氣大振，將他們全部捉住。

不一會兒，五個霸王客就被吊橋的

只有為食龍置身事外，他仍在手忙腳亂地清理餐桌呢。看到眼前的一幕，他驚訝地嘴巴張大了，不知道該說什麼。

霸王客們一個個拚命求饒：「**放了我們吧！我們再也不來騷擾你們了！不來、不來、永遠不來了！**」

楓葉妹質問他們：「你們敢保證嗎？」

胖喉龍賣力地點頭，求饒說：「嗚嗚嗚！我們保證，只要各位英雄放了我們！」

楓葉妹和其他巨龍交換了眼色，然後說：「好吧，你們可要說到做到！」

於是，她用尾巴纏住吊橋的繩子，開始快速旋轉起來。

嗖嗖嗖嗖！

霸王客們鬆綁後，忙不迭地飛上高空，逃得無影無蹤……

森林巨龍們將楓葉妹扛上肩頭歡呼：

「楓葉妹萬歲！
楓葉妹，幹得漂亮！」

猴麪包國王十分感動，激動地宣布：「我們立刻準備慶祝酒宴！」

廚師鐵勺龍插嘴說：「其實，我們在廚房裏還有一些美食，一直沒有端上來！我剛才往霸王客的打包袋裏塞的，其實是……**石頭！**讓他們嘗嘗我們的厲害！」

看來森林之龍們終於找回了勇氣，而我也找到了……

傳說中最勇敢的巨龍！

我高聲宣布：「楓葉妹，最勇敢的龍就是你！快準備和我一同踏上旅途！」

與為食龍同行

鐵勺龍再次為大家上菜了，儘管這次的菜餚沒有上次那麼多，大家卻十分開心，舉杯歡慶趕走霸王客的勝利。

在桌旁靜靜等待的龍族裏，還多了一個**為食龍**！

原來，那羣霸王客逃竄時，居然把他忘記了！

我真誠地說：「我很高興你留在這裏。霸王客們只會粗暴地使喚你，嘲弄你。」

為食龍似乎也找回了些膽量。他有些靦腆地向我微笑，露出一排鋼牙箍。

他向我解釋：「雖然我也是霸王客的同夥，可我內心卻很抗拒這樣生活，我覺得這樣做是錯的。謝謝你，騎士！謝謝大家！」

吉吉雖然只是個小精靈，食量卻如同巨龍般大得驚人。她遞給為食龍一塊

紅桑子蛋糕

說：「要不要來一口，為食龍？」

為食龍輕輕把吉吉放在肩頭，輕聲說：「謝謝，但我已經吃夠了！」

*什麼什麼什麼？!*看來他的性情很溫馴有禮！

我關切地問：「你往後怎麼辦呢？」

為食龍有些迷茫地望向空中：「我也不知道。我喜歡旅行，想到處走走、探索世界，**幫助**那些有要需……需需……需……」

吉吉關切地拍了拍他肩膀。

「需要的人！」為食龍總算說出來了。

隨後，他補充說：「謝謝你，吉吉！」

小精靈微笑着回應：「沒關係！」

看來這條小龍的心腸很好，
就如乳酪般柔軟！

「你何不跟我們一起走呢？」我提議說。

他驚喜地從椅子上彈起來：「我？! 我可以嗎？! 騎士，你願意讓我加入嗎？」

我點點頭：「當然！我認為你是個可靠的伙伴，可以幫助我們。大家一起同行，一定樂趣無窮！」

為食龍激動得從臉一直到尾巴都變得**通紅**，看

來他並不太習慣聽到別人的稱讚！

吉吉歡呼起來：「萬歲！萬歲！萬萬歲！伙伴越多，就越有趣！」

楓葉妹也笑了起來*（吱吱，好可怕！我到現在還無法習慣她那些鋒利的尖牙……）*，她說：「那麼，出發的時間到了！」

就在這一刻，我才意識到我多麼留戀森林之龍國。

猴麪包國王拍拍翅膀，示意大家安靜。

隨後，他起身宣布：「騎士，如果沒有你的幫助，我們的族裔不會重拾勇氣。我們祝願你、還有我們親愛的小龍楓葉妹旅途平安，祝你們好運！」

我笑着回答他：「猴麪包國王，這是我作為騎士應該做的。

我很高興
能助你們一臂之力！」

隨後，他笨重地坐回寶座上。

「哎喲！」他嘀咕說，「我這頓飯吃得太飽了。白樺龍！山毛櫸龍！速速把龍族健身單車上的灰擦乾淨！本王今天要去健身啦！騎士，我們後會有期！」

吉吉、楓葉妹、為食龍和我依依不捨地與國王擁抱告別，隨後飛上藍天。

就這樣，飛龍伙伴團誕生啦！

飛龍伙伴團誕生啦！

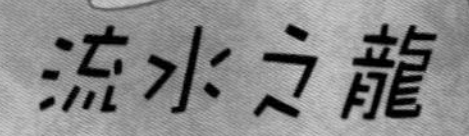

我們即將前往流水之龍國，楓葉妹力勸我騎到她的背上飛行！嗚嗚，真可怕！我有畏高症啊！

而吉吉則興高采烈地騎在為食龍身上，興奮地高呼：「哈哈，我是飛翔的小精靈！」

空氣中逐漸變得潮濕，瀰漫着海藻和海水的鹹味。我們前方出現了無邊無際的蔚藍大海，黑色礁石和淺灘星羅棋布在其間。

楓葉妹宣布：「我們終於抵達了

流水之龍國！」

吉吉瞪大眼睛，不解地問：「可我只看到了水！龍在哪兒呢？」

「他們居住在大海深處！」楓葉妹回答。

隨後，她向下俯衝，一邊對我們説：「你們做好潛水的準備了嗎？」

我擔心地高聲嚷嚷：「*什麼什麼什麼？*要潛水？我們在水下如何呼吸？萬一鯊魚來襲怎麼辦？萬一……」

楓葉妹打斷了我：「騎士，這個國度的水域有**魔力**，如同夢想國其他神奇的國度一樣！即使沒有鰓，我們也可以在水下呼吸！準備好了，當我數到『三』，我們就一起**潛**入水中。一、二……」

「等等！」吉吉喊道。她趕忙從帽子裏掏出裝有家族畫像的小木筒，一邊説：「我要先確認小木筒的蓋子扣緊了。萬一把畫像弄濕了，就慘了！」

她確認完畢，宣布：「好了！」

楓葉妹繼續數數：「……三！」

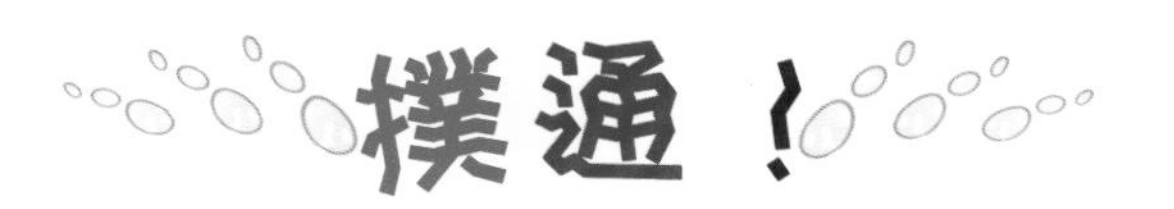

吉吉帶頭潛入水中，動作十分輕盈。

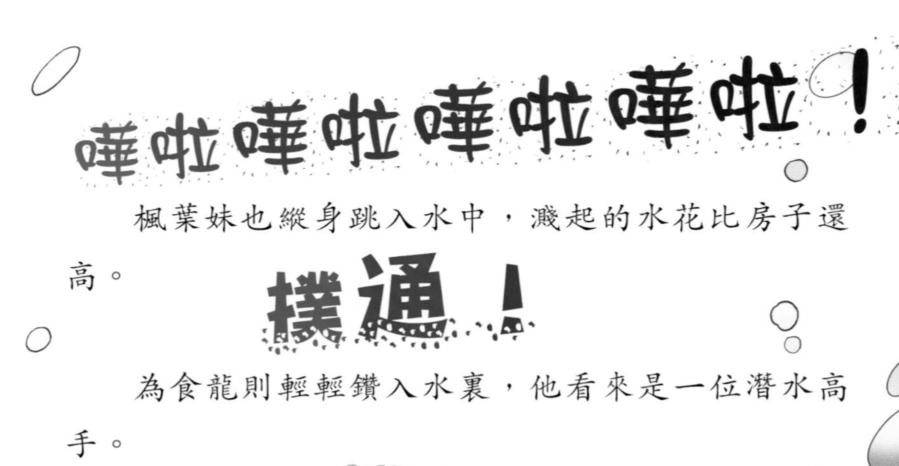

楓葉妹也縱身跳入水中，濺起的水花比房子還高。

為食龍則輕輕鑽入水裏，他看來是一位潛水高手。

撲通！撲通！撲通！

最後一個下水的，是我。

看着這片汪洋，我打算：

❶ 捂住鼻子，

❷ 緊抓着斗篷，

❸ 爭取浮上來多吸幾口氧氣 *(這樣才能活命！)*

然而，我一下水，就發現……我在水下能夠自由呼吸！水下風景十分奇特，**珍珠貝**砌成的小房子閃爍光芒，海葵在波濤中上下浮動，這真是一座神奇的

海底之城！

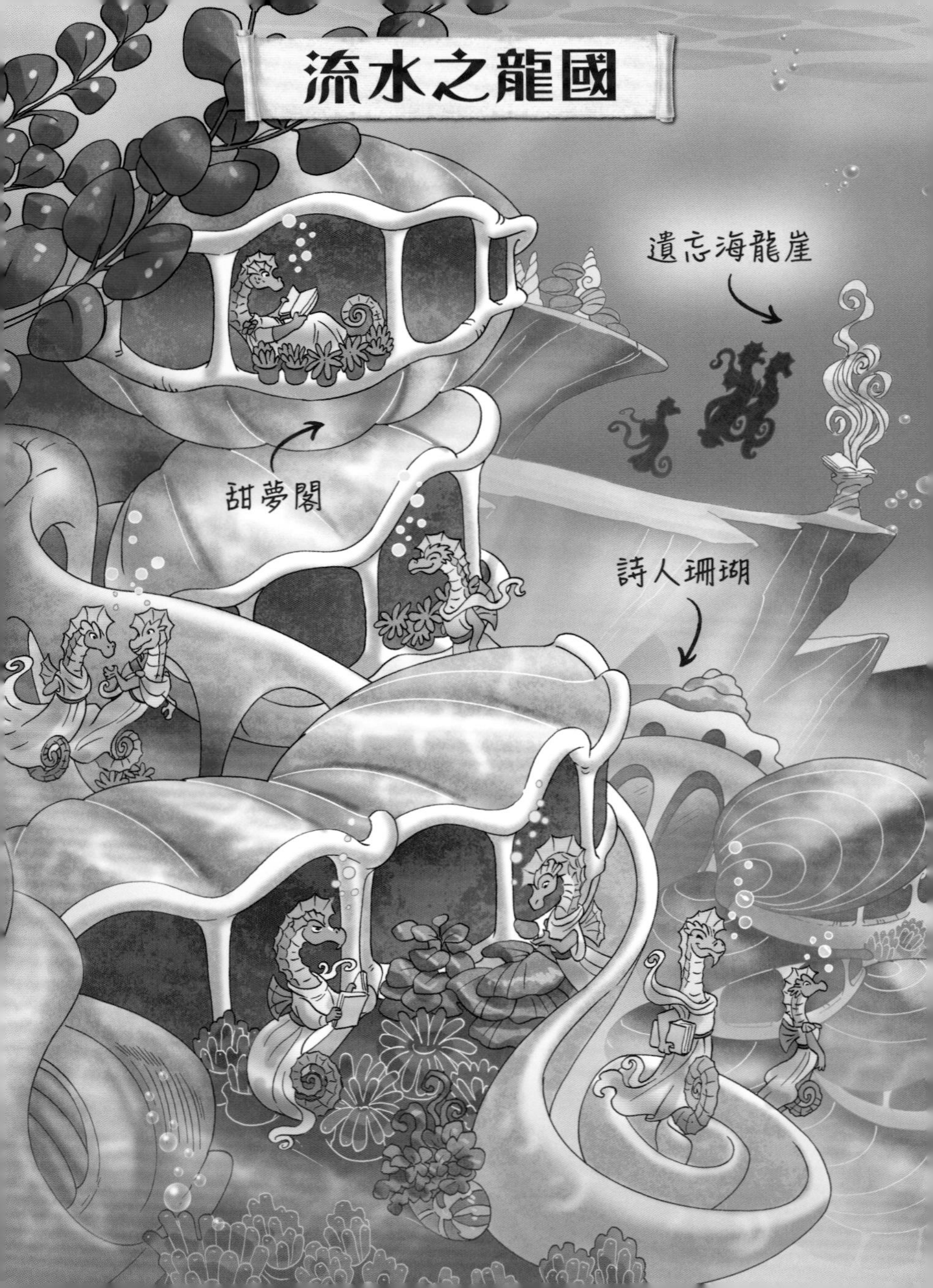
流水之龍國
遺忘海龍崖
甜夢閣
詩人珊瑚

古詩海藻
靈感海蜇羣
深藍岩洞
圖書館
呼吸水草林
沉思徑

在城市中心，豎立着一個非常巨大的貝殼，看起來就像是一個巨型寄居蟹的外殼，數十隻龍族從那裏進進出出。

這些龍的外形很**奇特**，擁有龍的特徵，但是看起來又很像海馬。

我對楓葉妹說：「這些龍和森林之龍的外形不同呢。」

楓葉妹告訴我：「當然了，他們居住在水中，因此外形更接近海中生物。我們通常稱呼他們為

海龍。」

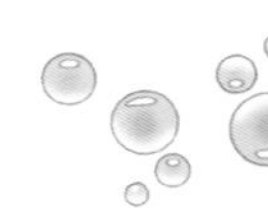

海龍們體態十分輕盈，搖着尾巴在水中到處游走。他們的神情十分專注，似乎總在思考着什麼。

當他們發現我們的存在時，有兩隻海龍向我們緩緩游來。其中一隻**友好**地詢問我們：「你們來自森林之龍國嗎？歡迎你們來此作客！」

我自我介紹道：「你們好！這幾位是楓葉妹、為食龍和吉吉，而我是……」

另一位海龍突然瞪大眼睛，驚訝地叫起來：「這鎧甲多麼堅固，又多麼精緻！你一定就是正直無畏的騎士！真榮幸可以跟你見面。我的名字叫做**游吟龍**，需要我帶你們四處走走嗎？」

我解釋說：「古老的巨龍傳說曾預言，我將會在你們的國度選出**最真誠**的一條龍。而他會加入我們的陣營，幫助我們從邪惡女巫手中救出五位公主……」

沸騰泡泡

游吟龍的神情變得嚴肅起來，他回答：「啊，多麼不幸！我們必須立刻施以援手！請速速隨我覲見**王后**——她是我國真正的領袖。我相信，各位貴賓，你們應該熟悉覲見的禮儀。不過呢，我必須說實話，沒想到騎士你的肚腩如此之大！」

游吟龍文縐縐的回答讓我害羞得滿臉通紅……

為什麼，為什麼，
為什麼海龍說話
如此真誠直接啊？！

我喃喃地說：「呃……也許是因為在森林之龍國的宴席上，我吃了太多蘑菇麪包吧！」

吉吉笑嘻嘻地問：「游吟龍，你們說話總是這麼押韻嗎？」

游吟龍身旁的那位朋友搶答說：「我的朋友，你需要明白，詩歌乃是我們的最愛！
詩歌就像大海中的燈塔，
而我的名字叫做魷魚甲！」

為食龍也回答說：「我也十分熱愛詩歌！可我的那些表兄弟卻總是取笑我為樂。他們說那些熱愛讀書的都是子呆書……書子呆……呆書子……書……」

吉吉關切地輕輕拍他肩膀。

「書呆子！」為食龍總算說出來了。

然後，他補充說：「謝謝你，吉吉！我剛才又話在口邊，一時說不上來了。」

小精靈微笑着回應：「沒關係！」

咕吱吱！看來為食龍的個性跟我很相似，
我也時常整日埋頭於書海中。

兩隻海龍帶我們在巨大的寄居蟹殼宮殿中穿梭，只見宮殿的牆壁上鑲滿了書架，書架上陳列着成千上萬隻貝殼。

真神奇！

游吟龍從書架上取下一個貝殼，遞給為食龍，說：「既然你如此熱愛詩歌……這份禮物就送給你吧！」

為食龍紅着臉說：「謝謝，但我不能……」

他還沒說完，游吟龍打開了貝殼，原來……

原來，貝殼就是書的封面，而書頁是用海藻製成。

魷魚甲解釋說：「這是一本美妙的詩集，作者是著名女詩龍——海星姨！」

「謝謝，非常感謝啊！」為食龍十分感動。

我們向上攀登，應該說是游過了八級樓梯，終於抵達了寶座大廳。

大廳內的幾隻海龍正吹着珊瑚號角。魷魚甲和游吟龍向王后介紹了我們幾個伙伴，並說明我們此行的來意。

流水之龍國的王后相貌十分優雅，她頭上佩戴一頂**珊瑚**王冠，脖子上戴一條**珊瑚**項鏈，手爪上戴着**珊瑚**手鐲，端坐在華麗的**珊瑚**寶座上！

游吟龍彙報說：「**文思王后**，這幾位是我們的朋友！歡迎他們來到此地，我們來盡地主之誼。」

文思王后吩咐幾位*侍女*道：「碧浪娃、麗夢姑、柔沙姨，速速為他們奉上歡迎特飲！」

三位侍女依次用托盤端上四個茶杯，和一個鑲嵌着**珍珠**的別緻茶壺，放在王后面前。

我端起茶杯正要一飲而盡，可是被它燙得直嚷

嚷：「哎喲，這比烤乳酪還要燙啊！」

文思王后爆發出一陣笑聲，從嘴巴裏噴出很多熱氣騰騰的泡泡，對我說：「小心啊，騎士！等一等再喝吧。我們現在是在水中，不過剛泡好的飲料仍然會燙！」

哎！我的表現真像個大傻瓜！

我和伙伴們總算喝完了**歡迎特飲**，那飲料綠油油的，就像是混合了海藻、墨魚汁和青口湯。

這飲料實在太難喝了！我才剛喝下肚，嘴角和臉上也不禁表情抽搐……然後，我忍不住打了一個大噴嚏！**乞嚏！**

我往後一仰，不小心摔了一個筋斗。我的無底背包掉出來並打開了，裏面裝的一大堆東西滴溜溜地滾出來……

哎！我的表現真像個大傻瓜！

其實無底背包裏塞了各種玩意。除了朋友們送給我的禮物外，還有麗萍姑媽的淡紫色手帕、裝着乳酪軟糖的盒子，還有隨身帶着的日記簿。而最後一樣從口袋裏滾出來的，是一本非常厚重的詩集，那是賴嘰嘰送給我的……

孤獨流浪呆呆客頌歌

王后饒有興致地拾起詩集，打開並翻到一頁上面印着一首詩的標題：《孤獨流浪呆呆客頌歌》。

王后驚喜交集地對我說：「這是一本詩集，真讓我驚喜！真是多麼幸運啊，可以欣賞到好詩！我們渴望聆聽妙語，請你為我們朗讀佳句吧！」

我一邊忙不迭地把其他掉下來的東西塞進袋子裏，一邊答應說：「王后陛下，我很樂意為你朗誦一首詩，真是一件樂事呀！」

咕吱！咕吱！咕吱！咕吱！咕吱！咕吱！咕吱！咕吱！咕吱！咕吱！咕吱！咕吱！

我也嘗試着讓自己說的話押韻！

不過，從文思王后、游吟龍和魷魚甲的反應來看，她們對我的押韻水平並不太滿意……

所有的海龍都上前圍着我，迫不及待想聽到詩句。

文思王后吩咐幾位侍女：「碧浪娃、麗夢姑、柔沙姨，速速為騎士拿來書架。我們要洗耳恭聽騎士為我們朗讀良詩佳句……」

三位侍女為我調整了**書架**。我把賴嘰嘰那大部頭詩集放在架上，清了清嗓子，開始朗讀：

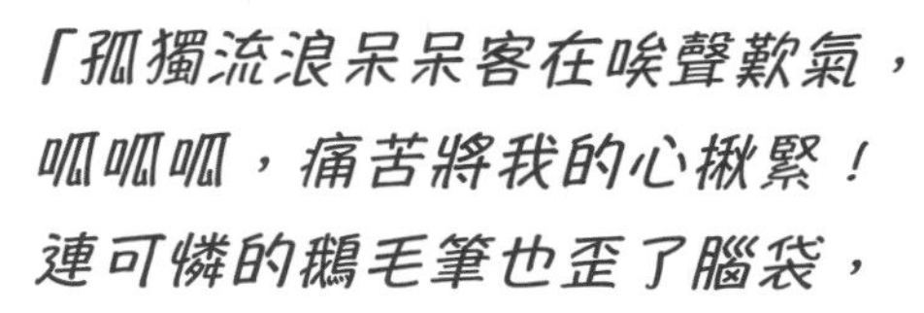

咕吱吱！

這些亂七八糟的詩句讓我的鬍鬚都揪在一起了！

從海龍們的痛苦表情來看，這些詩句並沒有讓他們享受其中。

大廳裏頓時陷入

甚至連波浪也停止了湧動。

只有一串串熱氣騰騰的泡泡升起來*（天知道是誰在打呵欠，還是在放臭臭！）*大廳裏沒有誰敢發表評論，只有一些海龍偷偷用海藻堵住了耳朵……

我又清了清嗓子，繼續朗誦下去……

「你的離開，讓孤獨伴我同行，
如同吃不到蒼蠅般整日傷心。」

一條海龍打了個呵欠，打破了整個大廳的沉默。她正是**碧浪娃**——文思王后身邊的一位侍女。

她忍無可忍地對我說：「騎士非常謝謝你，可我再無法聽下去！這首詩實在太無聊，聽了讓我心煩躁！若再逼我聽下去，我會頭昏腦脹！」

一直在我身旁忍耐的吉吉也說話了：「總算有海龍說了實話！這首詩歌聽得我都快長鬍子了，長得比我的外—外—外祖父的鬍子還長！」

而為食龍已經打起盹來。我和伙伴們會意地交換眼神。在所有海龍中，唯有碧浪娃有勇氣當眾指出這首詩言之無物，十分無聊。流水之龍國中最真誠坦白的龍，正是她！

我們終於找到了
古老的巨龍潭傳說中
提到的第二條龍！

我鄭重地邀請她：「碧浪娃，你是這個王國中最真誠的龍！你願意加入我們的

飛龍伙伴團，

一起去拯救五位被黑石女巫囚禁的公主嗎？」

碧浪娃回答我：「我必須坦誠告訴你，這女巫讓我很恐懼！但是，既然你們有勇氣，我願意與你們在一起！」

吉吉熱情洋溢地宣布：「這真是個好消息！我們正需要碧浪娃這樣單純真摯的伙伴，一起去營救公主！」

然後，她推了推為食龍：「為食龍，醒醒！你聽到了嗎？」

而為食龍卻仍在繼續打盹：

文思王后祝願碧浪娃永葆**真誠**。

王后摘下脖子上的珊瑚項鏈，送給碧浪娃：「拿着吧，希望這首飾能在旅途路上為你帶來好運！」

海龍們吐出一串串長長的泡泡，連起來的形狀就像一顆

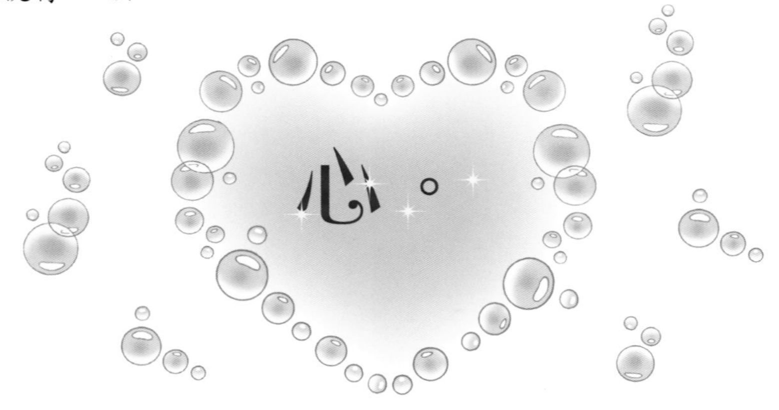

如今我們已經找到了最真誠的龍。我們已整裝待發，前往下一個目的地——高山之龍國！

拿着吧，碧浪娃！

高山之龍

我們與海龍們告別，向積雪覆蓋的高山飛去，那裏是另一個龍族的國度：

高山之龍國

我們將在那片土地上尋找最有智慧的巨龍。

哆哆哆！真寒冷啊！

幸運的是，海龍口中呼出的熱氣比火爐還熱！每當碧浪娃噴出熱氣騰騰的蒸汽，一股熱浪頃刻間温暖了我們冰冷的身體。

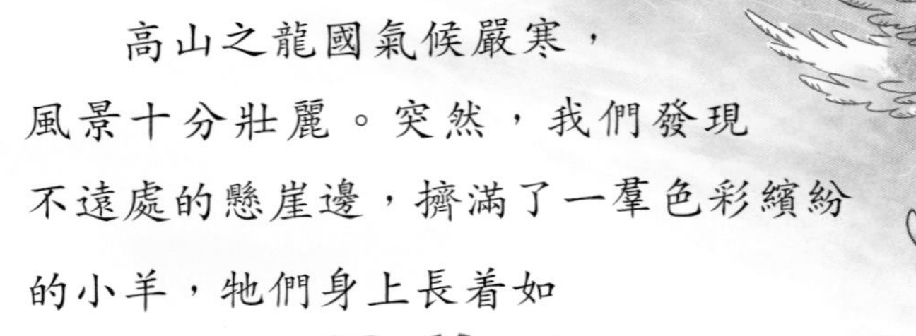

高山之龍國氣候嚴寒，風景十分壯麗。突然，我們發現不遠處的懸崖邊，擠滿了一羣色彩繽紛的小羊，牠們身上長着如

彩虹般的七色羊毛。

究竟發生了什麼事？嚇得羊羣四散逃跑……

楓葉妹告訴我：「這些是彩虹羊，牠們只居住在高山之龍國。這些羊看上去十分驚慌，一定是遭受了驚嚇！」

咩咩咩 咩咩咩！ 咩咩咩 咩咩咩！

咩咩咩 咩咩咩！ 咩咩咩 咩咩咩！

為食龍驚叫起來：「啊，不會吧！你們快看這裏，羊圈被毀壞了！所以羊羣才跑了出來。這裏還有些剝落的樹皮……」

為食龍靠近一棵大樹看了又看，然後對我說：「我認得樹幹上的**記號**！霸王客們來過這裏！」

原來如此！霸王客們曾飛過此地，來向高山之龍族搶奪食物。

為了留下足跡，他們在大樹的樹幹上刻下**標記**，並毀壞了羊圈的圍欄，難怪羊羣們驚恐萬分。

吉吉圍着大樹跳來跳去：「可惡的霸王客！小心我一拳把你們打倒！」

楓葉妹提醒她說：「首先我們必須安撫那些彩虹羊。」

我們慢慢接近羊羣，可是牠們仍然驚魂不定，向**四方八面**奔跑散開。

吉吉叫道：「我有一個主意，用那精靈國味噌國王的**笛子**！我們可以吹笛子來安撫羊羣。」

吉吉說的有道理！我在背包裏摸來摸去，總算找到了那支笛子，我試着吹起來……

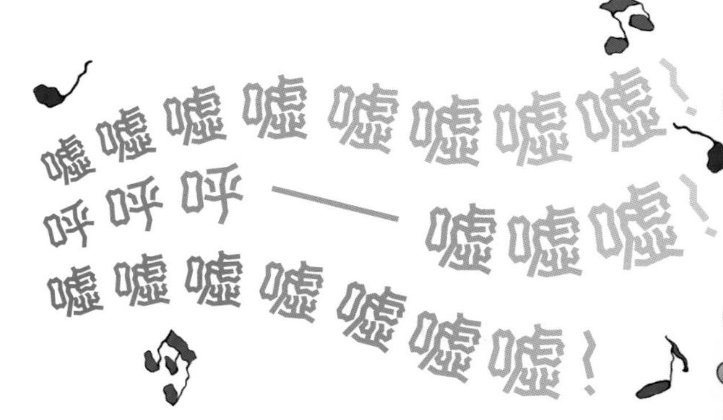

這笛子十分短小，我只能勉強握住，更別提用它吹奏出音樂了……

吉吉對我說：「讓我來試試！我身材小巧，手指也更靈活。」

吉吉吹響笛子，奏出

美妙

甜蜜的樂曲。

羊羣終於慢慢安靜下來，逐漸聚攏慢慢走回吉吉用樹枝修補好的羊圈。我好奇地問道：「你怎麼做到不用釘子和木材就能補好羊圈呢？」

吉吉自豪地對我解釋：「只要把枝條一根根纏對位置，就能補好啦！」

多虧了吉吉的聰明**才智**，小羊們終於可以安全回家了！可是，那些霸王客……依然逍遙法外！

龍在哪裏？

我們飛到了終年積雪覆蓋的山頂，高山之龍國坐落在此地。

山頂上的雪如此**潔白**，讓我想起了鬆軟的乳酪，真想嘗一口啊！

山頂上的雪如此**潔白**，似乎從未被任何爪印玷污過。

山頂上的雪如此**潔白**……等等……怎麼一片荒蕪啊！

我們貼着山脊滑翔，一邊在風中呼喊：

「有誰在嗎？

在嗎？在嗎？在嗎？在嗎？」

回聲十分響亮！

我問大家：「你們都聽到了嗎？也許是怪獸在說話！」

楓葉妹安撫我說：「騎士，那只是羣山的回聲，並沒有什麼怪獸！」

我又試了試：**「有誰在嗎？**

在嗎？在嗎？在嗎？在嗎？」

回應我的，只有回聲。接下來……

一片寂靜。

哆哆哆哆！真可怕啊！這可怕的寂靜比回聲更讓我顫慄！

我詢問碧浪娃：「你確定我們所在的地方，是正確的地點嗎？為何這裏連一個龍的影子都沒有？」

碧浪娃回答：「我十分確定，別害怕！」

可如果龍族住在高山上……他們為什麼要躲起來呢？

難道他們是**禿鷹般的猛龍**，在雪峯上空盤旋，準備隨時伸出利爪將我們抓走？

抑或是幽靈龍？
或是蠻荒雪龍？

碧浪娃向我解釋：「他們頭腦聰明，但是性情孤僻，野蠻暴躁。我們需要克制情緒，十分小心地慢慢接近。」

楓葉妹補充道：「也許他們躲藏起來，是為了躲避霸王客們的騷擾！你們看下方！」

雪地把日光反射了，光線強烈，十分刺眼，我不得不瞇起眼睛。

我突然注意到山脊一側有數個**洞穴**。

而雪地上殘留了不少巨龍的爪印，那些爪印徑直走向洞穴……

原來，這裏就是高山之龍的藏身之處！

我猜他們聽到我們的聲響，就躲藏起來，一定是把我們當成擾民的霸王客啦！

*以一千塊莫澤雷勒乳酪的名義發誓！*我們必須想辦法和他們溝通，但是未經他們的邀請擅自闖入洞穴並不禮貌……

也許，我們應該注意**禮儀**……

我和朋友們在洞穴上方觀察片刻後，逐漸靠近並在洞穴不遠處輕輕降落。

這一個個洞穴望上去比貓肚子還黑。

我嚇得從尾巴抖到鬍子，嘀咕着說：「要不，我在洞口等你們吧……保命要緊，我……」

高山之龍國
科學家之洞

思想家之洞
哲學家之洞
雪地糧食之洞
洞穴圖書館
你能在圖中找出有多少隻龍躲在洞穴裏嗎？
答案：18隻龍。

楓葉妹鼓勵我：「加油，騎士！多虧了你，我們的族裔才可以團結起來，重拾**勇氣**！你比自己想像的勇敢很多。」

吉吉也鼓勵我，說：「我們可以把黑暗當成早餐吃掉！我們天不怕地不怕！」

咕吱吱！我真不想讓他們失望。

於是，我俯身對洞口喃喃地問：「不好意思，各位高山龍族的先生女士……請問我們能進來嗎？我們是……」

嗷嗷嗷

嗷嗷嗷嗷！

洞內突然傳來一陣震耳欲聾、低沉的咆哮，嚇得我汗毛直豎。

以一千塊莫澤雷勒乳酪的名義發誓！

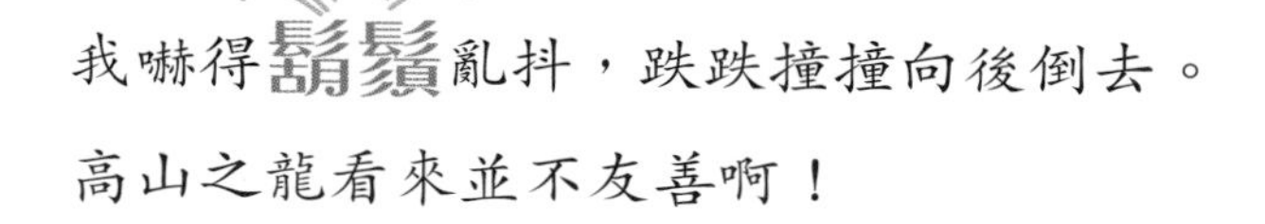

我嚇得鬍鬚亂抖，跌跌撞撞向後倒去。

高山之龍看來並不友善啊！

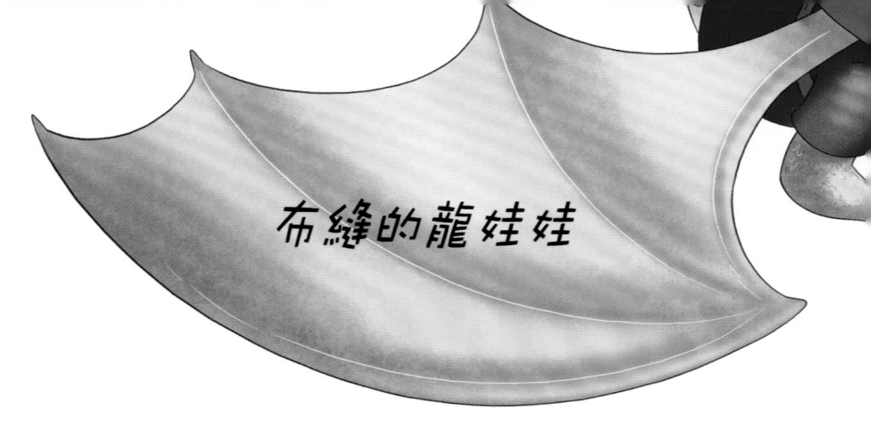

布縫的龍娃娃

我的命真苦啊！該怎樣做才能找到最有智慧的龍呢？

為什麼、為什麼、為什麼我要經歷這一切呢？！

我跌坐在一個雪堆上，我垂頭喪氣地嘟囔着説：「剛剛才幫助了一羣羊，現在馬上要去對付一羣暴躁的龍……唉，還有什麼倒霉事會發生呢？」

我抬起頭，看見為食龍正在不遠處的懸崖邊緣探頭張望。

我呼喚他：「為食龍，小心！那裏很危險！」

熱心腸的吉吉在遠處詢問：「發生了什麼？難道你看到霸王客了嗎？」

為食龍回答：「那邊掛着個小玩意，看上去像一個龍**娃娃**！」

楓葉妹、碧浪娃和我走近瞧瞧看。原來，懸崖邊的灌木枝上，掛着一個

布縫的龍娃娃！

懸崖下方是一條水流湍急的河。如果這個娃娃掉下懸崖，就再也撿不回來了！為食龍小心翼翼地貼着樹枝飛行，慢慢靠近這個布娃娃。

他高呼：「我來也！」

就在這時，**一陣風**吹過，布娃娃從枝頭掉了下來。幸好，為食龍在娃娃掉下懸崖前身手敏捷地抓住了它。

吉吉開心地跳了起來：「為食龍真棒啊！」

為食龍的腳爪剛落在地面，我就跑上去抱住他：「剛才你真把我嚇壞了！」

為食龍將布娃娃放在一塊石頭上：「好啦！就等着它的主人前來認領吧！」

他話音剛落，一隻**體形嬌小的龍女**就從洞穴裏跑出來，跌跌撞撞地衝上前抱住了布娃娃。

「啊！我的星娃娃，你跑到哪兒去啦？」龍妹妹掉下喜悅的淚水。

她睜着一雙亮閃閃的眼睛，對為食龍說：

「謝謝你！救了我的娃娃！」

說完，她給了為食龍一個緊緊的擁抱*（儘管她的高度勉強才到為食龍的膝蓋）*。

眼前的這一幕，讓我的心就像太陽下的冰淇淋融化了。你們要知道，我是一隻感情豐富的小老鼠！

碧浪娃和楓葉妹也十分感動。

碧浪娃激動地說：「啊，

好可愛的小不點！你真是個討龍喜歡的小姑娘！」

一位龍先生和一位龍女士鑽出山洞，向我們走來：「我們真不知道該如何感謝你們！我們的**小麗麗**很喜歡這個布娃娃。」

於是，慢慢的，一張臉挨着一張臉，一隻爪子緊跟着另一隻爪子*（咕吱吱！這些龍長得像山一樣高）*，其他的龍也從山洞裏鑽出來，來到我們面前。

多虧了為食龍的仗義幫忙，高山之龍族終於明白我們可以**信任**。

一隻長着大鬍子、穿着厚夾克的龍對我們說：「很抱歉，我們沒有熱情地歡迎各位。不過你們要知道，除了那些霸王客外，從未有誰來此地拜訪。」

另一條龍補充道：「是啊，而且我們性格**害羞**。」

「我是雪峯國王。」穿着厚夾克的龍自我介紹說，「這位是我夫人，白峯王后。」

「我是紅肚仙。」一條鬍鬚垂到肚皮的龍介紹。

「我是短尾娘。」

「我是攀峯伯！」

「我是藍漿果！」

「我是美提諾！」

「我是山口娃！」

「我是巨蠍男！」

「我是貝雷度！」

「我是長襪仙！」

「唔！」

「他是山尖叔，是我們族中最沉默寡言的。」雪峯國王對我們說。

這些龍族成員踴躍地向我們介紹自己！

這樣看來，這些高山之龍的性格並不孤僻啊！

白峯王后詢問我：「你們是誰？」

我介紹說：「我們是飛龍伙伴團，前往貴國尋找**最聰明**的龍，來幫助我們擊敗邪惡的女巫。」

雪峯國王思索片刻，決定說：「我們今晚在篝火前討論此事吧！首先，懇請你們原諒我們先前的……冷淡。我們將點燃篝火，舉辦

一場歡迎晚會！」

吉吉歡呼說：「萬歲！篝火晚會真是太棒了！我們家族每到夏至都會點燃篝火慶祝！對了，我是不是從未和你們提過我的家族啊？讓我慢慢說來，我的姑姑是辣椒嫂，她是數數爺的女兒，和幸福伯的妹妹，還有……」

眼看吉吉又要滔滔不絕，我趕忙打斷她說：「謝謝，雪峯國王！我很樂意和你們一同慶祝，加深對彼此的了解。」

我激動萬分，甚至沒注意到在寒風下，我的尾巴已經凍得結冰了！

最聰明的龍

傍晚時分，落日的餘暉映紅了羣山，雪洞就像一個個橙色冰淇淋。高山之龍正忙着準備篝火晚會，所有龍都忙得不可開交，大家各有工作，例如：有的龍在挖坑堆木頭，有的在運送大石頭來保護火種，有的在準備晚會食物，還有的在搬運木頭。

楓葉妹和碧浪娃正在運送沉重的樹枝，而吉吉和為食龍在一旁嬉鬧……呃……他們正在和小麗麗龍擲**雪球**。

小麗麗體形雖小，卻十分靈活。她敏捷地閃避吉吉拋過來的雪球，並擲出了完美的反擊！沒過一會兒，我的小精靈朋友

就被埋在雪下面啦！

雪堆下的吉吉氣呼呼地嘟噥着說：「可惡，我真慘啊！」

為食龍走過去，把她從雪裏拉了出來，催促說：「快來，國王馬上要點燃篝火啦！」

隨着夜幕降臨，一切都準備好了。地上鋪好墊子，熱氣騰騰的越橘汁在鍋裏咕嚕咕嚕冒泡泡，不過最重要的是……

烤架上放着香噴噴的乳酪片，火上烤着乳酪串串，還有塗上乳酪的麪包片……

只不過，所有的乳酪顏色都是……

七色彩虹！

白峯王后解釋道：「這是我們用彩虹羊產出的奶製成的乳酪，是我們的特產。」

我的肚子已經餓得咕咕叫了！

白峯王后說得沒錯！這裏的乳酪味道真是頂呱呱，好吃到我的鬍鬚都豎起來。它們不僅色彩豐富……而且味道也美味無比。

每吃一口，我的舌尖體會到不同的風味：越

橘、樹莓、核桃、紫羅蘭、清泉……

「太太太好吃了！」我讚歎道，腮幫裏塞滿了**彩虹乳酪**。

面對眼前的美食，甚至連平日裏十分節制的為食龍，也忍不住大快朵頤。

「謝謝，謝謝！」他說，「如果不麻煩的話，再給我幾塊。謝謝，謝謝！」

而吉吉則把自己裹在一條**大披肩**裏，不住地打噴嚏：「乞嚏！快走開，可惡的感冒菌……乞嚏！」

楓葉妹、碧浪娃和其他龍愉快地交談，並各自說着自己王國的奇聞異事。這時，一隻龍坐在噼啪作響的篝火前，彈起了結他。

真是個美妙絕倫的晚會啊！

高山之龍真是熱情又慷慨。不過，我該怎樣選出他們之中最聰明的那條龍呢？

雪峯國王發言，說：「今天我們十分榮幸在此歡迎正直無畏的騎士，和他忠誠的伙伴們。

「不過，沒有禮物的晚會不能稱作晚會！我們部落的每個代表，都會向各位贈送一個我們認為最珍貴的禮物，而這份禮物將伴隨你們走完旅程。」

我害羞得臉都變紅了！真不知該如何回報他們的真情。

高山之龍排着隊，一個接一個地向我們贈送禮物。

藍漿果送給我一顆亮閃閃的鑽石，說：「這是我在羣山中挖出的最碩大珍貴的寶石。希望它可以照耀你們的旅途。」

「謝謝。」我有些不知所措地說。

山口娃送給我一輛雪地車，車座上刻着箭頭的形狀。「這車子開起來比閃電更快！有了它，即使最敏捷的敵人也無法追上你！」

我回答：「謝謝你，山口娃！」

接着來的是貝雷度，他送給我一個**木頭雕塑**，說：「這是我特意為你製作的！」

其他龍有的送給我一條圍巾，有的送給我一件暖和的衣服，有的送給我一個茶杯。

最後來的是山尖叔。

他舉起手爪示意，請大家安靜下來。

當下，四周鴉雀無聲，甚至連喘氣聲都聽不到，只有火焰在噼啪作響。

羣山間籠罩在一片空曠的寂靜中。我們大家目不轉睛地望着這條龍。

多麼神奇的一刻啊！我的鬍鬚激動地微微顫抖。天知道山尖叔會送給我什麼禮物？

山尖叔深深吸了一口氣，將手指放在鼻尖前，發出一聲：「噓噓噓！」

所有龍低下頭，表示他們的理解和贊同。原來，山尖叔的禮物，就是羣山深沉而遼遠的寂靜啊！

在這寧靜的氛圍中，我們心底不約而同升起一個念頭：山尖叔，是王國中最聰明的龍！

他就是古老的巨龍潭傳說中提到的第三條龍！

經歷了如此多姿多彩的一天，我們都十分疲倦，但內心又為新建立的友誼而感到欣喜。

在大家休息睡覺前，我總結說：「親愛的朋友們，謝謝你們送給我一個如此美好的夜晚！感謝你們熱情的招待。在篝火旁，我們找到了巨龍潭傳說中提到的**最聰明**之龍。山尖叔，我希望邀請你加入我們的伙伴團，共同拯救五位公主！」

山尖叔望着我，表情嚴肅，應該說十分嚴肅、非常嚴肅。

呃……難道我說錯了什麼嗎？

他向我彎腰俯身，注視着我的雙眼……終於吐出一個字：「好！」

那天**深夜**，我們做了一個長長的、香香、甜甜的美夢。羣山間空曠寧靜，連蒼蠅的嗡嗡聲都聽不到……

呼嚕！呼嚕！呼嚕！呼嚕！呼嚕！呼嚕！呼

呼嚕！呼嚕！
呼嚕！呼嚕！

咕吱吱！看來我的結論下得太早啦。

不會吧！打呼嚕的居然是吉吉！她的呼嚕聲簡直比熊的鼾聲更響！

第二天一早，我們吃飽了美味的彩虹羊奶和彩虹餅乾後，向所有高山之龍一一致謝。而我們成功招攬了山尖叔加入，

飛龍伙伴團，

成為第三名龍族新成員！

我們已經準備好踏上新的歷險！我高聲宣布：「我們現在出發，前往沼澤之龍國！」

沼澤之龍

我們出發了。大家都幹勁十足、興高采烈，充滿能量。

現在還需要再找到兩條龍，飛龍伙伴團的成員就全部集齊了……

我們飛啊飛啊，飛到一大片漂浮着野草的沼澤地。*以一千塊莫澤雷勒乳酪的名義發誓……*

碧浪娃驚訝地問：「這裏怎麼臭氣撲鼻？要是在這裏游泳，豈不是無法呼吸！」

楓葉妹告訴大家：「**這裏就是沼澤之龍國！**」

看來我們別無選擇，只能降落在這一片爛泥地。沼澤地上布滿了巨大的的高腳棚屋，棚屋的柱子深深扎進泥水中。

我感歎道：「你們快看！這一定是沼澤之龍的房子！」

沼澤之龍國
古典藝術展
當代藝術展

史前藝術展
藝術展覽館
攝影學校
應有盡有小舖
未來藝術展

我們在沼澤地的邊緣着陸了。我四下打量着這片土地。碧浪娃剛說了句：「好像沒有誰住在這裏……怎麼……」

嗡嗡嗡嗡嗡嗡！

一隻體形很大的蚊子像箭一般從我們身邊掠過，發出轟鳴的嗡嗡聲。

「快讓開開開！」那蚊子朝我們大聲嚷嚷。

吉吉抗議道：「太沒禮貌啦！」

我注意到這隻蚊子居然穿了一件汗衫，上面寫着數字125。真奇怪！太奇怪了！

我大聲宣布：「你們有沒有看到它穿着一件……」

嗡嗡嗡嗡嗡嗡！

成千上萬隻蚊子黑壓壓地從我們的頭頂掠過，發出轟炸機般的巨大響聲。

所有的蚊子居然都整齊劃一地穿着不同顏色的運動衫，身上掛了號碼布……

難道這是一場**巨型蚊子運動比賽**！

我目送着黑壓壓的蚊羣消失在地平線，感慨地歎了口氣：「啊喲喲，好可怕的一幕……」

旁邊有一把聲音附和道：「的確可怕！」

是誰在說話？!

我們轉過身，發現眼前有一隻模樣古怪的紅鸛：她頭下腳上，貼近地面飛行，離沼澤地面只有幾厘米。吉吉摘下帽子，模仿她的樣子倒立起來，問候她說：「你為什麼不像其他紅鸛一樣站立行走呢？」

那小傢伙饒有興味地回答：「**倒轉過來**的世界更加有趣。下面變成上面，悲哀也變成了快樂！」

龍族藝術

我們走過沼澤地上的一些棚屋，看到一隻巨龍一邊浸泡在**黏稠的爛泥**裹搓着背，一邊哼着小曲：「滴答滴、答滴答！在沼澤裏洗澡真好，洗完皮膚滑滑，香噴噴！滴答滴、答滴答！」

碧浪娃插嘴説：「什麼？沼澤的臭味很可怕呢！」

那條龍停止唱歌，氣得滿臉通紅了……

「我喜歡怎麼説，就怎麼説！你們這些外來客，來打擾我做什麼？」

碧浪娃解釋道：「這個地方倒是不賴！但你們的行為十分奇怪！」

我趕忙打起圓場：「呃⋯⋯不好意思，我這位朋⋯⋯朋友碧浪娃説話十分直接⋯⋯」

那條龍從泥濘裏爬出來，怒氣沖沖地說：「對於藝術家而言，不必遵守任何約束！我創創，我造造！要是你們沒有信仰，我今天就讓你們開眼界！」

吉吉笑得前仰後合：「信仰？難道你要讓我們成為教徒嗎？」

那條龍穿上布滿彩色斑點的衣服，我向同伴們解釋說：「我想他的意思是，要是你們不相信，就隨我來看看⋯⋯」

於是，我們跟在這條龍身後，來到一個棚屋前。只見棚屋的門上歪歪斜斜地掛着一塊告示牌：

「我就是**咕嚕仔**！」那條巨龍自我介紹說，然後打開了門。

*以一千塊莫澤雷勒乳酪的名義發誓！*眼前的一幕真是太震撼了！棚屋裏面放滿了*（更確切地說，應該是塞滿了）*

各種稀奇古怪的物品

屋子裏堆着各種畫作、畫筆、瓶瓶罐罐，四周放滿了顏料，包括：藍色、黃色、紅色、綠色、橙色、靛青色和紫色，以及各種材質的雕塑：金屬、白堊土、大理石、木材等等……還有隨處放着各種雜物：鑰匙、鑿子、錘子、鉛筆、鋼筆、盒子、橡皮、角尺、圓規、香蕉皮、蘋果核、馬鈴薯屑、麪包碎、破鞋、臭襪子、破口的茶杯、書、畫冊、木頭屑、叉子、勺子、膠帶、蜘蛛網和碎紙片……

我從未見過比這更凌亂的房間！

咕嚕仔說：「**真正藝術家**的房間總是亂七八糟的。你們喜歡我的工作室嗎？請進！請進！」

我就是咕嚕仔！

我小心翼翼地踏出一隻腳爪，喃喃地說：「打擾了……」

我剛踏進門……

哐噹！！！

就一腳踏進了一個裝着**啡色顏料**的油漆桶……

我又撞倒了一座雕像，它**摔破**變成了一片片碎片（*雕像上的白堊土還未乾呢！*）……

我慌亂中抓住一幅畫，把畫布正中部分**抓破**了……

我一不小心跌倒在兩支顏料上，顏料從管子裏**噴射**而出，飛濺到我剛剛抓破的畫布上……

天啊天啊天啊！太可怕了！！！

可是為什麼、為什麼、為什麼我要經歷這一切呢?!

只見我的伙伴們一個個僵在門口，目瞪口呆地望着我。

我急忙道歉：「請原諒……我不是故意的……」

可咕嚕仔抬起手爪，捂住我的嘴巴。

他一言不發地凝視着碎裂的雕像，以及被潑了各種顏料的畫布。

哆哆哆！真可怕啊！

他會不會把我打成鼠肉丸子，再把我吃掉當點心？他的沉默讓我害怕得鬍鬚亂顫！

我硬着頭皮做好最壞的準備，咕嚕仔突然大吼一聲：

什麼什麼什麼？！難道說他並不打算把我打成鼠肉丸子？

只見咕嚕仔一把將破畫布**撕**成兩半，即興地塗抹着上面的顏料。

他發出熱情的呼喊：「多壯麗啊！多和諧啊！我之前的作品，就是缺乏這種狂野之氣！」

這時，我回想起巨龍潭**傳說**中的預言：不同於第一條龍的勇敢、第二條龍的真誠和第三條龍的聰明智慧，第四條龍的個性有些古靈精怪，卻又十分出眾……

難道第四條龍……
就是眼前這條嗎？

沼澤狂歡夜

一位龍小姐闖進了棚屋，看來是因為我剛才撞倒雕像時所發出的聲響，引起了她的注意。

她驚訝地望着眼前的一幕，嚷嚷道：「這亂七八糟的是怎麼一回事？! 咕嚕仔，你的房間真是太亂了！」

咕嚕仔回答：「呃……沼澤丫！他們是我剛剛結識的新朋友。各位新朋友們，這位就是

沼澤丫，

我的小心肝！」

那位龍小姐端詳着我，叫了起來：「啊……我認識你，你是正直無畏的騎士！」

只見沼澤丫驚訝地上下打量着我，因為我的確全身都灑滿了**顏色**，從尾巴一直到鼻子尖！

我向她解釋：「呃……沒錯，就是我……這些是我的朋友楓葉妹、碧浪娃、山尖叔、為食龍和吉吉。我們正要去拯救被邪惡女巫綁架的五位公主。」

吉吉問道：「你們國家的龍全都是藝術家嗎？」

「沒錯！每個都是！」沼澤丫回答。

從沼澤丫的發言來判斷，這個國家的每條龍都個性**古靈精怪**……看來想要選出傳說中的龍並非易事……

為食龍評論說：「你們可真是氣勃蓬朝……朝氣勃蓬……」

「沼氣勃蓬……?!」沼澤丫有些惱火地說，「你是說我們渾身散發着**臭沼氣**嗎？」

吉吉趕忙像往常一樣輕輕拍拍為食龍的背。

「朝氣蓬勃！」為食龍總算吐出了正確的形容詞。

沼澤丫恍然大悟：「哦，原來如此！」

她告訴我們：「各位遠道而來的**龍**朋友，我們在這裏不需要拘謹禮節！你們可以在這裏落腳、美美地大吃一頓。然後，你們如果喜歡，我們可以為你們畫幅肖像畫！」

我把身體擦乾淨，跟隨沼澤丫去見其他**沼澤巨龍們**。真奇怪，這裏的巨龍們全部隨性自由，甚至連一個管理國家的國王都沒有。

咕嚕仔向我們解釋：「我們不喜歡受到約束。我們嚮往

沼澤之龍族花了整整一個下午準備招待我們的宴會，席間還有雜耍和戲劇表演。我真害怕如此隨性的巨龍會拿出沾滿爛泥的碟子來招待我們。但是，沒想到沼澤巨龍準備了很多精緻的美食。

大廚蜻蜓伯為我們端來一鍋鍋海苔餡餅、米餅、橄欖油涼拌生菜，還有低脂肪的甜品小食和小蛋糕……

太好吃啦！

我正陶醉地品嘗着一塊甜甜的蛋糕，山尖叔突然拚命向我示意。

他警覺地用手爪**指向**不遠處的蘆葦叢，「在那裏！」

我們大家沿着他所指的方向望去。

以一千塊莫澤雷勒乳酪的名義發誓，蘆葦叢裏居然出現霸王客的身影！

他們在那裏幹什麼？

他們是怎麼找到我們？

最重要的……難道他們還想……

白吃白喝嗎？！

咕嚕仔叫起來：「那些討厭鬼！」

楓葉妹提議：「我們最好悄悄接近他們，看看他們在盤算什麼！」

於是，我們躡手躡腳地向蘆葦叢走去，希望近距離觀察他們的**把戲**。

霸王客歸來

我們小心翼翼地從蘆葦叢外向裏面張望，避免暴露自己的藏身之處，開始觀察起來。原來，霸王客們**正在吵架！**

只見孿生姊妹呱呱和唧唧正吵得不可開交。呱呱指責說：「唏，我看得清清楚楚，你拿走了最後一塊**蘋果蛋糕**！」

唧唧反駁道：「哼，姊姊你肯定看錯了。我才不會做那樣的事！」

呱呱不依不饒地說：「我全看到了，你把它藏在背後。給我！給我！」

姊妹倆在爭吵不休。而瘦瘦長長的開胃龍則在旁高興地說：「這**橡果**真好吃！脆脆的，甜甜的！」

揉一揉，
你就能聞到霸王客龍
發出的可怕臭味！

胖喉龍則在一旁焦慮地踱着步子，嘴裏嘀咕着：「哎，看看我們現在為了填飽肚子，都淪落到什麼地步啦？森林之龍太過分了，居然拿了一袋子石頭來耍我們。現在該是我們再次出擊的時候啦！我們的計劃天衣無縫……」

肥肚龍恭維說：「**你真是一個天才！**」

胖喉龍絲毫沒有察覺到我的存在，憤憤地說：「那個老鼠每次一出場，總是前呼後擁……我們應該要綁架他，然後我們去吃掉所有為他準備的宴席大餐！」

什麼什麼什麼?!我沒聽錯吧?!綁架？我？霸王客？這真是太可怕了！！！

我們必須趕快**離開**，趕快通知沼澤之龍！

我們馬上快跑到沼澤之龍身邊。這時，我突然聞到**強烈的臭味**！

我抬頭望去，只見霸王客們正高速向宴席飛去！

我驚恐地向大家求救：「救命啊！霸王客們要**綁架**我！」

沼澤巨龍們紛紛從餐桌旁躍起，高喊道：「全體進入拋球狀態！」

*什麼什麼什麼？！*眼看着霸王客就要綁走我，沼澤巨龍居然要在這個節骨眼上玩球？

說時遲那是快，一頭沼澤小龍快速從灌木叢中推出一台投石器……上面裝載着一個**大泥球**。

小龍發動**機關**，朝霸王客們身上投擲大泥球，嘴裏吆喝着：「嘗嘗這個吧！」

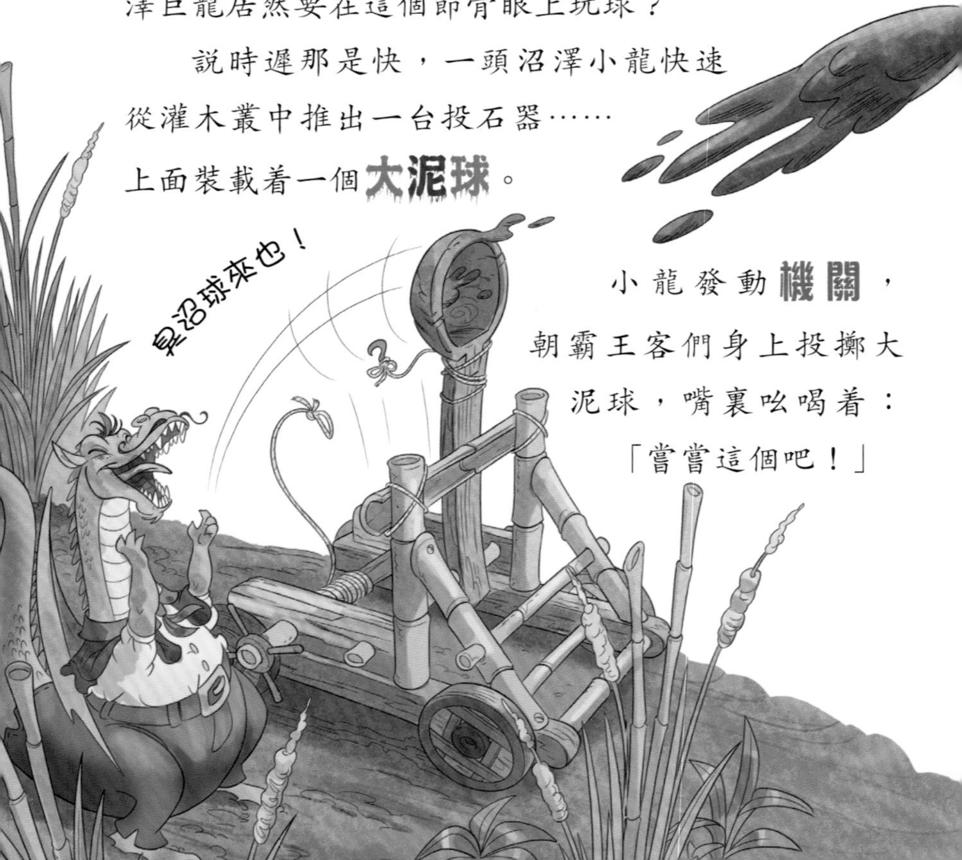

可是，霸王客們靈巧地閃開了。蜻蜓伯大聲呼喊：「速速彈射另一個**臭沼球！**」

這一次，臭沼球結結實實地打在了胖喉龍和肥肚龍身上……呱呱為了躲避它而撞上了唧唧，唧唧失去了平衡又撞翻了開胃龍。開胃龍隨即站不穩就撞上了肥肚龍。一時間，他們的翅膀、羽毛和尾巴在我眼前亂甩！

胖喉龍看到場面失去控制，趕忙宣布：「撤退！」

霸王客們立刻撤退飛走了。

這次多虧我的**朋友們**保護了我。

咕嚕仔馬上向我解釋說：「我們一直都要防備霸王客們的突然襲擊！因此，每次我們準備宴會時，都會同時準備好**投石機**以防萬一。這次我們擊退了他們！」

沼澤丫卻一臉不安，深思熟慮地說：「他們會再回來，就和平日一樣，並會趁我們不備時，抓走正直無畏的騎士！」

她的話剛說完，現場亂成一片。我發現自己置身於

自—由—自—在的狀態。

沼澤之龍們*（還不只他們呢！）*紛紛出謀劃策，大家都爭相討論，表達出自己的各種想法。

「我們來準備噁心大餐，讓他們吃了拉肚子！」蜻蜓伯主廚提議。

「我們要建立一座堅固的城堡！」楓葉妹提議。

「我倒有一個主意！」沼澤丫說，「何不聽我說來？」

她如此這般地娓娓道來以後，山尖叔踱着步子反復思索着。咕嚕仔向我低聲說：「山尖叔既然是才智過人，那我們應該照他的建議進行！」

沒錯，既然**山尖叔**是最聰明的龍，那我們應該聽從他的意見！

山尖叔停住腳步，吐出幾個字：「**我贊成！**」

於是，我們決定採用沼澤丫的提議。

最機靈的龍

第二天，我們等到夜幕降臨，開始一切依計而行……首先是準備一頓讓霸王客無法拒絕的**美味宴席**。宴席上甚至還有歌舞助興。真是太棒了！

沼澤美食家清水仙激情地高聲喊：「哇，真是太美味了！」

蜻蜓伯也附和着叫喚：「是啊，沒錯！連我都忍不住吃撐了！」

撲棱！ 撲棱！ 撲棱！

撲棱！撲棱！撲棱！撲棱！撲棱

呼哧！ 呼哧！ 呼哧！ 呼哧！

呼哧！ 呼哧！ 呼哧！ 呼哧！

很快，不遠處就傳來霸王客們振翅飛行的聲音。他們果然是聞風而動啊！

胖喉龍高聲說：「我沒聞錯吧？這裏果然有大餐！」

開胃龍嚷嚷：「**呱唧**，我們要把好吃的整個吞掉！然後我們要生擒那隻老鼠……」

肥肚龍朝我伸出手爪，高叫起來：「看！騎士就在那裏！」

呱呱和唧唧歡呼起來：「抓住他！」

霸王客們飛速俯身朝我襲來，胖喉龍伸出尖利的**爪子**，一把抓住我！

他大聲嚷嚷道：「你還挺重的啊，胖老鼠……難道是鎧甲的重量嗎？你們快過來幫我一起抓住他！」

其他的霸王客趕忙過來協助首領，可是當他們靠近後……突然胖喉龍手爪中的老鼠雕像爆裂開來，濺了他們滿身污泥！原來，他們剛才抓住的……

並不是我！

而是沼澤丫所塑造的，一尊形態跟我很相似的**雕像**。它由沼澤之龍國最臭、最腐朽的爛泥所做成。

開胃龍哀嚎起來：「**太臭啦！！**」

呱呱和唧唧抱怨道：「**呸呸呸！**」

肥肚龍嚷嚷：「**我快被熏死了！**」

他們跌跌撞撞地逃走了，身影消失在夜空中。

我歡呼起來：「萬歲！沼澤丫的計劃成功了！」

「太好了！」山尖叔也開心地和吉吉跳起舞來。

咕嚕仔說：「那羣**霸王客**應該短時間內不敢再來了！」

我太開心了！這不僅僅是因為我們協助**沼澤之龍族**擺脫了霸王客的侵襲，而是因為我們終於找到了古老傳說中預言的第四條龍。

我向沼澤丫鞠了一躬，對她說：「你是這裏最機靈的龍小姐……我毫無疑問，

你正是巨龍潭傳說中預言的第四條龍！」

沼澤丫震驚地看着我：「啊，騎士！希望我能配得上你的讚譽！」

現在，我們終於可以放心地前往下一個目的地：鄉野之龍國！第二天的**黎明**時分，我們振翅出發了！

鄉野之龍

我們好不容易，再次渡過了一個難關。現在，只需要找到最後一條龍啦！

我的心情很激動！我十分緊張！

我給自己打氣說：「最後一個任務，成功在望了！」

根據傳說，我們所需要找到的最後一條龍性格樂觀，充滿活力。

有這樣的伙伴在，哪怕面對邪惡的女巫，相信他也能逗得我們開懷大笑！

我們抵達了**鄉野之龍國。**

此時此刻，太陽快要下山了。

從高處望去，整個王國彷彿一個巨大的棋盤，被劃分成許多小方塊，有綠色、金色、紅色和啡色。

咕吱吱！在如此廣闊的土地上，我們該如何找到第五條龍呢？

風車磨坊
龍族乾草倉

鄉野之龍國
孤獨之樹
舞龍穀倉

我們在一座穀倉前着陸了。一陣歡快的音樂從穀倉裏傳出來。

吉吉從為食龍的背上跳下來，跳起了舞：「最積極樂觀的龍，一定來自這個國家！你們聽聽，這音樂多美妙！」

我們推開門，發現……

「呀呼呼呼呼呼！！！」

只見一對巨龍從我身邊走過，隨着音樂的節奏盡情舞蹈。他們轉啊轉啊，就像陀螺一樣……

我怯生生地試圖和他們搭話：「不好意思，我們想找……」

「咿哈哈哈哈哈！！！」

我的命真苦啊！

又一對龍從我面前旋風般舞過，我的皮毛都被吹起來了！

我的命真苦啊！

我發現自己置身於一場……

龍族舞蹈大會上！

一個龍樂隊在舞台上演奏，他們一個在彈奏班卓琴、一個在吹口琴，還有一位龍小姐正在一邊彈結他，一邊高聲演唱歌曲！

沼澤丫對我說：「騎士，我有一個主意！你快摟摟我*（緊緊摟住我！）*」

她伸出強有力的龍臂摟緊我，把我舉離地面，然後擁着我跳起歡快的舞蹈，嘴裏還高聲叫道：

「啊呵！」

我就像一塊乳酪一般軟弱乏力，但沼澤丫的舞步如此熱情充滿動感，看上去我們兩個倒也很有默契！

在場其他的龍讚歎地望着我們，發出喝彩聲：「嘩啊！」

畫像丟了！

舞台上的樂隊停止了演奏，歌手高聲宣布說：「看來我們中誕生了新一屆舞林大會的冠軍！就是那位龍小姐和她的鼠舞伴！」

在場的龍族爆發出熱情的歡呼聲和鼓掌聲：

「太好了！」「真厲害！」「你們跳得最好！」

我……舞林大會的冠軍？!

我趕忙說：「謝謝，但我並沒有舞蹈的天分！我是一位騎士，我身邊的是飛龍伙伴團的成員。我們要從一個邪惡女巫手中營救五位公主。」

舞台上那位彈奏班卓琴的樂手龍從舞台上跳下來，瞪着兩隻大眼睛**打量**着我。

然後，他生硬地說：「嗯嗯嗯……我早就看出你不是跳舞方面的材料！」

我嘟囔着說：「呃……的確如此……」

以一千塊莫澤雷勒乳酪的名義發誓！這一條龍真讓我**尷尬不已**！

他會不會一口把我吞掉呢？我可不想變成鼠肉泥！

女歌手龍走下舞台，解釋說：「騎士，你不要責怪爽朗哥！他性格直率，不過倒也討人喜歡。我叫多麗，是這個國家的王后，歡迎你們！」

爽朗哥靠在木柱上，目光停在我身上盯着看了半天，然後警告我：「我會盯着你！」

要是鄉野之龍們都像他這樣無禮，我就永遠也找不到傳說中預言的第五條龍了，更別提逗得我開懷大笑，應該說氣得我放聲大哭才對……

嗚嗚！嘩嘩！嗚嘩嘩嘩

房間裏真的有人在放聲大哭！

「我把家族肖像畫弄丟啦！嗚嘩嘩嘩……」原來是吉吉在哭啊！

我可憐的小精靈，我從未見過她如此失魂落魄。她坐在為食龍的掌心裏*（這些天他們倆已結下了深厚的友誼！）*，

眼淚像噴泉一樣湧出來。

我走到她身邊，將麗萍姑媽送給我的手絹遞給她：「吉吉，別哭啊……」

吉吉接過手帕，哭得更兇了：「我從出生起就把這幅畫帶在身邊！每當我心情低落時，就去看看它！我太倒霉了！現在該怎麼辦呀？」

我試圖安慰她：「我們一起來找找，一定能找到！也許就在這附近……」

楓葉妹最機靈敏捷，立刻詢問她：「你上一次看到這幅畫是在什麼時候？你把它放到哪兒了？」

碧浪娃試圖安撫她：「吉吉，別難過！肖像畫雖然不見了，但最珍貴的記憶仍留在你心中！」

為食龍睜着圓溜溜的大**眼睛**，說：「別再鼻哭子……子哭鼻……哭鼻子……」

當為食龍意識到吉吉不會再像往日那樣輕拍他後背時，他也變得沉默不語。

小精靈坐在穀倉的地上，沮喪地握着空空如也的小木筒，眼睛裏滿含着**淚水**。

我們必須讓吉吉振作起來。我無法眼睜睜看着朋友陷入困境卻繼續旅程！

多麗王后說：「打起精神來，小妹妹！我們鄉野之龍從來不知淚水為何物，我們只會開懷大笑！」

所有的龍都不約而同地笑起來：

「說得沒錯！」

「多麗，你最棒！」

「王后萬歲！」

多麗繼續提議：「聽聽這個，吉吉。」

小精靈豎起耳朵，暫時止住哭泣。

多麗讓大家猜謎問道：「你知道青蛙最愛什麼運動？」

吉吉搖搖頭，多麗高聲宣布答案，說：

「**蛙泳！**」

鄉野之龍們爆發出陣陣笑聲：

哈！哈！哈！哈！哈！哈！

我和伙伴團成員望向吉吉，她一點兒也沒笑！

這是我認識她這麼久以來，第一次看到她如此完完全全地沉浸在悲傷中！

可憐的吉吉，她丟失了往日可愛的笑容。

另一條龍也試圖逗樂她：「你可知道皮球最愛什麼？」

「不……」吉吉搖搖頭，表示不感興趣。

「就是給它打滿氣！」

小精靈的嘴巴向上微微翹起……以一千塊莫澤雷勒乳酪的名義發誓，也許這次她會笑起來！

可吉吉的表情很快又變得**悲傷、十分悲傷、應該說萬分悲傷了。**

我們都快喪失信心了。此時，爽朗哥向吉吉走來。咕吱吱，就憑他那副僵硬的表情，還想逗笑小精靈嗎？

爽朗哥走到吉吉身邊，問她：「你知道鯊魚吃下一顆綠豆，牠會變成什麼嗎？」

吉吉搖搖頭，沉默不語。

「答案就是綠豆沙（綠豆鯊）。

小精靈琢磨了一會兒，然後看着爽朗哥，爆出出一陣歡笑！

哈哈哈哈哈哈！

我歡呼起來：「謝謝你，爽朗哥！多虧了你，吉吉才重拾笑容！」

爽朗哥向我走來，用手臂勾住我的脖子*（哎喲……弄得我很痛啊！）*，他說：「嗨，我的朋友！我必須承認，一開始看到你那張鼠臉，我對你毫無好感。但是，當我看到你如此關心朋友時，我明白外表不同並不重要。***你和我們一樣！***」

我喃喃地說：「嗯……你也和我們一樣，爽朗哥！在這個王國裏，最詼諧、最積極樂觀的原來是你，所以……

你就是古老的
巨龍潭傳說中
預言的第五條龍！」

飛龍伙伴團！

我和吉吉終於集合了森林之龍國代表——楓葉妹、流水之龍國代表——碧浪娃、高山之龍國代表——山尖叔、沼澤之龍國代表——沼澤丫，以及鄉野之龍國代表——爽朗哥。

飛龍伙伴團的
全部成員終於齊集了！

迄今為止的歷險旅程漫長而又曲折，我們遇上了不少陷阱，真是驚險刺激！我結識了新的伙伴並探索了新大陸……最重要的是，到目前為止我還沒有被打成鼠肉丸子……

不過，該是重新出發的時候了。前方等待我們的是未知的危險，因為我們即將前往……

魔石國。

而我作為正直無畏的騎士，必須**保護**我的朋友們，哪怕不得不孤身戰鬥。

我拍拍為食龍的肩膀，對他說：「你是我十分珍惜的旅伴，我永遠不會忘記你為我們付出的一切！不過，黑石女巫太兇殘了*（哆哆哆哆……單是提起她的名字就讓我毛骨悚然！）*，況且古老的巨龍潭傳說只提到了**五條龍**。

我很抱歉，但是，你最好留在這兒！」

為食龍回答：「明白……明白！我知道，你們是為了我好。能和你們一起走到這兒，真是太好了！謝謝！」

吉吉摟住為食龍的脖子，淚流滿面：「啊，不，為食龍！我們怎麼能少了你？」

楓葉妹也緊緊地擁抱他，說：「你有一顆勇敢的**心**。我們為你驕傲！」

碧浪娃喃喃地說：「無論我們前往何處，親愛的為食龍，你永遠在我們心中。」

沼澤丫和爽朗哥也給了他緊緊的擁抱。

我補充說：「我們會儘快回來！呃……至少我希望如此！」

嗲嗲嗲……

我很害怕啊！！！

山尖叔傷心地搖搖頭，發出一聲歎息。

我們期待地望着他，他睿智的話語也許能減輕大家離別的傷感。

他睜大眼睛，鼻子抽動幾下，開口說：「再見！」

什麼什麼什麼？！
這就完了？！

「我會在這兒等你們！」為食龍說。

多麗安慰他：「你和我們在一起，絕不會無聊！」

我們依依不捨地告別了，踏上沒有為食龍的旅

途。碧浪娃邀請吉吉和她一起，於是小精靈爬到了她的背上。

我們飛上天空，我最後一次俯視大地，只見一隻小龍正拼命朝我們揮手爪告別。

我多麼想念他！

現在，我們必須集中精力，攻克魔石國，幫助五位公主擺脫魔爪！

公主們正等待着我們呢！

前往魔石國

飛龍伙伴團的成員終於全數齊集，大家齊心協力向魔石國飛去。我的龍族朋友們氣定神閒，振翅飛過環繞巨龍潭的大海，而正直無畏的騎士我呢……嚇得鬍子**亂顫**！咕吱吱！

龍族朋友們向我解釋，我們必須一直向北飛，才能抵達魔石國。

一路上我們要穿越暴雨之地、險峯之丘，還要跨越從不熄滅的火山。

我緊緊摟住楓葉妹的脖子，詢問她：「你肯定就沒有其……其他路可以通……通往魔石國嗎？」

楓葉妹笑着安慰我：「別擔心！只要我們團結一致，定能渡過險境！」

我放眼遠眺，看見有一大團烏雲出現在地平線上。那團雲黑壓壓的，夾雜着雨點，散發出不詳的氣息，彷彿在……

監視着我們！

我身上不禁打起了寒顫，問道：「難道你……你們不覺得我們被監……監視了嗎？」

挨着我和楓葉妹飛翔的爽朗哥回答：「騎士，我來讓你放鬆一下神經！告訴我，你知道冰淇淋害怕的時候，會怎樣嗎？」

我嘟囔着道：「不知道！」

爽朗哥説：「不辭而別，因為它會融化！」

伙伴們爆發出一陣大笑：「哈哈哈！」

碧浪娃高聲說：「若想讓我們心情佳，只需要一個小笑話！」

爽朗哥真了不起，能夠讓我恢復平靜，忘記恐懼*（應該說暫時忘記……）*！

憑藉伙伴團各位成員的特質：楓葉妹的勇敢、碧浪娃的真誠、山尖叔的智慧、沼澤丫的機靈、爽朗哥不可或缺的積極樂觀……我們一定能夠成功完成拯救任務！

轟隆隆隆隆！

突然，一道可怕的閃電劃破長空，雷聲轟隆隆炸響，嚇得我竄到楓葉妹背上……哆哆哆！差一點我就摔下去了！

剎那間黑雲布滿天空，**凜冽的狂風**將我們一會兒吹到上，一會兒吹到下，前後左右搖擺不定。

沼澤丫高聲呼喊：「我們必須衝出重圍！吉吉、騎士，你們一定要抱緊碧浪娃和楓葉妹啊！」

爽朗哥也高喊道：「抓緊啦！我們已經進入暴

雨雲帶範圍！」

雷聲在我們身邊炸響，一顆顆大大的、或者應該説巨大得可怕的雨點砸在我們頭上！

我的龍族朋友們加速飛行試圖衝出重圍，可是這些

非比尋常的雨點

如此密集，如此沉重，以致大家不得不減慢速度，越飛越低。

突然，沼澤丫發出驚叫：「等等！」

我騎在楓葉妹背上，轉身望去。

啊，不會吧！這是怎麼一回事？!

只見碧浪娃和吉吉被一顆巨大的水滴困住了。那顆龐大的水滴，包裹着他們，使身為海龍的碧浪娃也無法張開翅膀。

我高喊道：「他們在高速下墜！」

我們在高空遇上危險，必須趕快救出碧浪娃和吉吉！

山尖叔全速向她們飛去，俯衝到她們身邊，張開他的利爪刺向大水滴。

大水滴頓時裂成了**成百上千顆小水滴**。

伙伴們得救了！

吉吉大聲喊：「壞水滴，我們把你一一擊破！」

「謝謝你，山尖叔！」碧浪娃感激地說，一邊再次張開翅膀。「雖然你平時沉默寡言，但你的說話總是發人深省的！」

山尖叔的臉漲得通紅，從臉上到尾巴尖都變得紅彤彤，然後害羞地咳了幾聲……

我們屏住呼吸等待着，山尖叔聽了碧浪娃的道謝會不會慷慨回應呢？!

可是他只輕聲吐出三個字：「不客氣！」

包圍我們的雨點逐漸變小，卻越來越冷。

我咬緊牙關，安慰自己：「至……至少我們總算衝出了暴雨的包圍！」

咚！

爽朗哥驚叫起來：「以奶奶的老繭的名義，那是什麼東西落在了我頭上？」

咚！咚！咚！

楓葉妹附和說：「我也感覺到了……」

咚！咚！咚！

以一千塊莫澤雷勒乳酪的名義發誓！原來，雨點凝結成冰雹！

爽朗哥恍然大悟，高呼：「原來我們飛到了冰雹山！」

一座險峻的大山出現在我們面前，這是我所見過的海拔最高的山峯！

山風凜冽刺骨，一顆顆**冰雹**砸在我們的頭上。我的視線一片模糊！

碧浪娃抱怨說：「這兒的天氣讓我暈頭轉向！」

我大喊道：「再這樣下去我們會撞到山上！」

多虧了沼澤丫，她第一個想出了對策。只見她撲着翅膀，飛到我們前面，然後對準烏雲噴出一團**火焰**來融化冰雹！

很快，所有的龍族朋友一個接一個，從嘴巴裏噴出一團團火球。

很熱啊！

很多汗啊！

很可怕啊！

我閉上眼睛，緊緊摟住楓葉妹。

我可不想被火球烤熟啊！可是，熱力逐漸增強，***變得很炎熱、十分酷熱、非常熾熱！***

而我不停地**流汗、流汗、流汗**。

到底什麼時候才能飛越冰雹山?!

我張開眼睛一看……

什麼什麼什麼?!

我們下方出現了一座**巨大的活火山！**

熾熱的岩漿在火山口沸騰直冒泡，滾燙的火山礫噴到天上，甚至濺到了楓葉妹的翅膀。

我高聲嚷嚷：「冰雹都去哪兒了？」

楓葉妹向我解釋：「騎士！現在位於我們下方的，是從不熄滅的活火山羣！」

以一千塊莫澤雷勒乳酪的名義發誓，先是暴雨，然後是冰雹，現在換成了岩漿?!

我高聲呼喊道：「沼澤丫！你有何對策？」

沼澤丫對我說：「我們速速飛離這裏！」

我的龍族朋友一起盡力拼勁，在火山礫的夾擊中左衝右突。

哆哆哆……真可怕！

突然，一股滾燙的岩漿從最大的火山口中噴出。

楓葉妹急忙閃躲，可是……

「救命命命命！！！」她大聲求救。

「我的尾巴着火了！」

幸好，山尖叔第一時間趕到，用翅膀將火苗撲滅。

楓葉妹驚魂不定，感歎說：「哎喲喲喲！好險啊……謝謝你，我的朋友！」

大家加快撲騰着翅膀，總算離開了活火山。

伙伴們現在全速前進，飛向

地平線上出現了一片灰色的輪廓。

我突然發現……

地平線上有一個身影在飛？

我詢問大家：「你們注意到了嗎？有誰也在……」

爽朗哥打斷我的話：「安靜些，騎士！這裏只有我們而已。除了我們，誰還會踏進這個人見人怕、危機四伏、陷阱重重、到處布滿邪惡女巫的地方呢……」

我的臉色頓時變得比莫澤雷勒乳酪還要白。

爽朗哥爆發出一陣大笑：「哈哈哈！我在和你開玩笑！」

嗯……我覺得他說得有道理……

我們終於抵達了黑石女巫的國度，這裏的景色一片荒涼。我們放眼望去，這裏的一切，一切事物都是由**石頭**製成，包括：森林、大海，以及河流，甚至連天上的雲朵也是石頭。連這裏的空氣都十分沉重！

碧浪娃憂心忡忡地看着眼前的景象，喃喃地說：「若是巨石從上方跌下，我們的腦袋就會開花！」

在石頭森林深處，聳立着一座外表陰森的石頭**城堡**。城堡高高的石頭尖頂陡峭鋒利，直入雲霄。爽朗哥指着那座城堡，對我說：「就是那兒！沒錯，我親愛的小老鼠朋友！那裏就是魔岩堡，它的主人正是……**黑石女巫！**」

吉吉嚷嚷說：「這裏四周一片灰濛濛的！天知道公主們被關在這兒該多難過？」

楓葉妹說：「我們必須儘快找到她們。」

就在此時，我們聽到呼喊聲：「**救命！**」

從城堡最高處，五位少女正在揮舞手臂，試圖吸引我們的注意力。她們正是……

花仙國的公主們，

也就是巨龍潭傳說中提到的公主們！

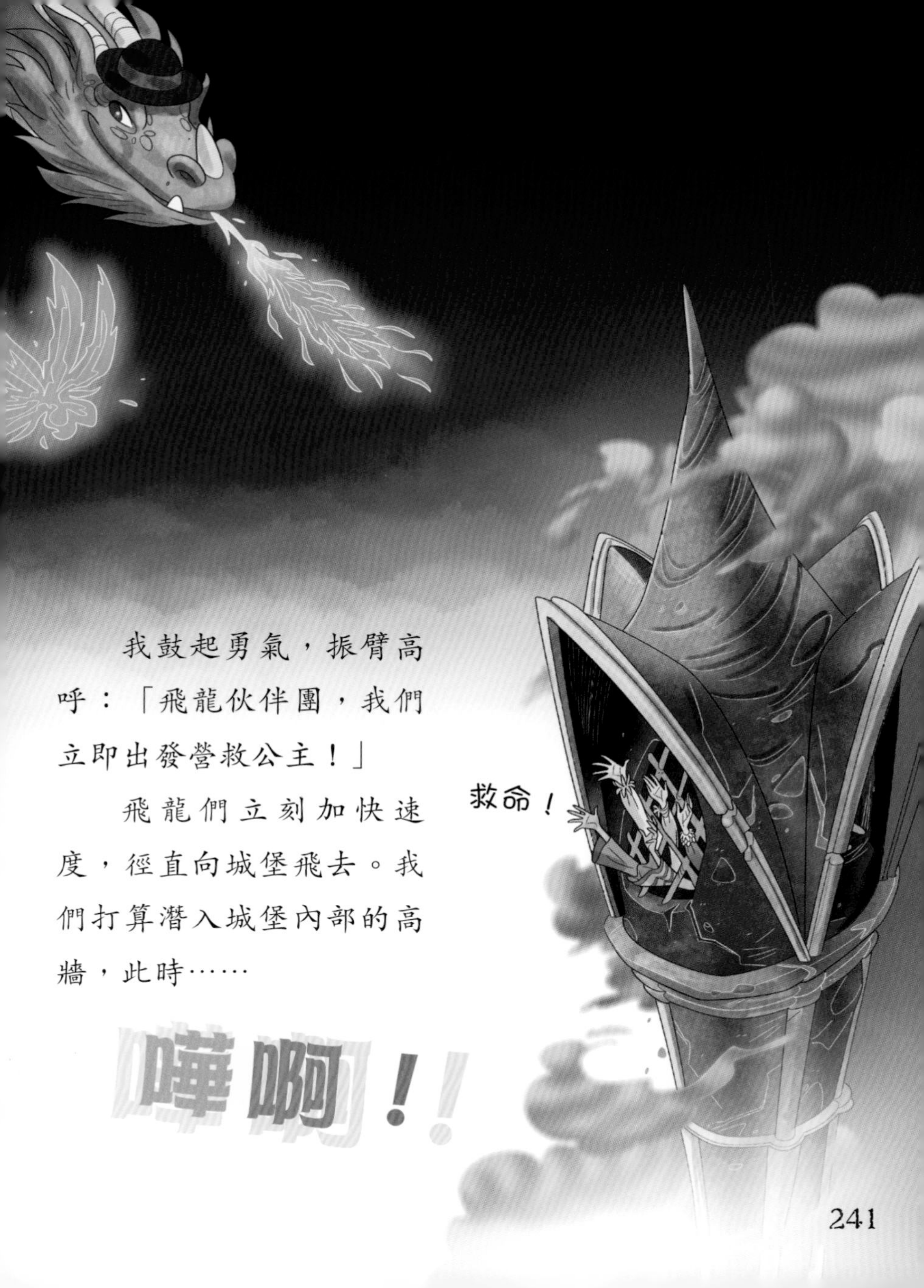

我鼓起勇氣，振臂高呼：「飛龍伙伴團，我們立即出發營救公主！」

飛龍們立刻加快速度，徑直向城堡飛去。我們打算潛入城堡內部的高牆，此時……

突然，無底背包被什麼東西纏住了……

真奇怪！我們正在一棵棵大樹間穿梭……可無底背包卻從我背上**下墜墜墜墜**，在茂密的叢林中消失了，然後發出了一聲悶響。

我大叫：「我的背包掉下了！我必須把它撿回來！」

我必須找到它！

在背包裏，裝着朋友們送給我的珍貴禮物，還有那古老的預言羊皮卷紙，我不能失去它們、兩手空空地返回花仙國。

飛龍們急速向下俯衝。我們的雙腳剛剛踏上大地，吉吉和我就一骨碌從龍背上翻下來。

我告訴伙伴們：「朋友們，你們先去營救公主！等我找到背包，我就會馬上和你們會合！」

於是，巨龍們重新振翅向城堡飛去。

此時，幾位公主還在高聲呼喊：

「救命！救命！救命！」

「她們的生命危在旦夕……」吉吉若有所思地說，一邊埋頭和我在樹林裏尋找背包。

可憐的公主們！我們必須儘快找到背包，奔去和**龍族**朋友會合。

我們在**石頭森林**裏一邊走，一邊東翻西找，吉吉興奮地叫了起來：「在那兒，騎士！在那棵樹底下！」

以一千塊莫澤雷勒乳酪的名義發誓！吉吉真是眼利！我們邁開雙腿，向無底背包跑去，可我剛伸出手臂……

砰嘭！！

一個石頭籠子突然從枝頭落下，把我們罩住了！

誤入陷阱！

我們誤入了陷阱！

啊，不會吧！為何偏偏在現在？!

我的腦袋裏盤旋着無數問題……

誰會故意引誘我們呢？

難道有人一直秘密地跟蹤我們？

我們該如何脫身？

最關鍵的是……我們到底該如何**拯救**出五位公主？

為什麼、為什麼、為什麼我要經歷這一切呢？！

我抬頭望着樹枝，低聲詢問吉吉：「你有沒有被暗中監視的感覺？」

小精靈果敢地從背包裏摸出她的**椏杈**，瞄準樹枝說：「真卑鄙！快從你的藏身處走出來，你

這個奸詐小人！來和我吉吉決鬥吧，你這個……這個……」

「這個無恥之徒！」我提醒說。

「你這個無恥之徒！」吉吉義正辭嚴地說。

她像彈簧一樣跳來跳去。

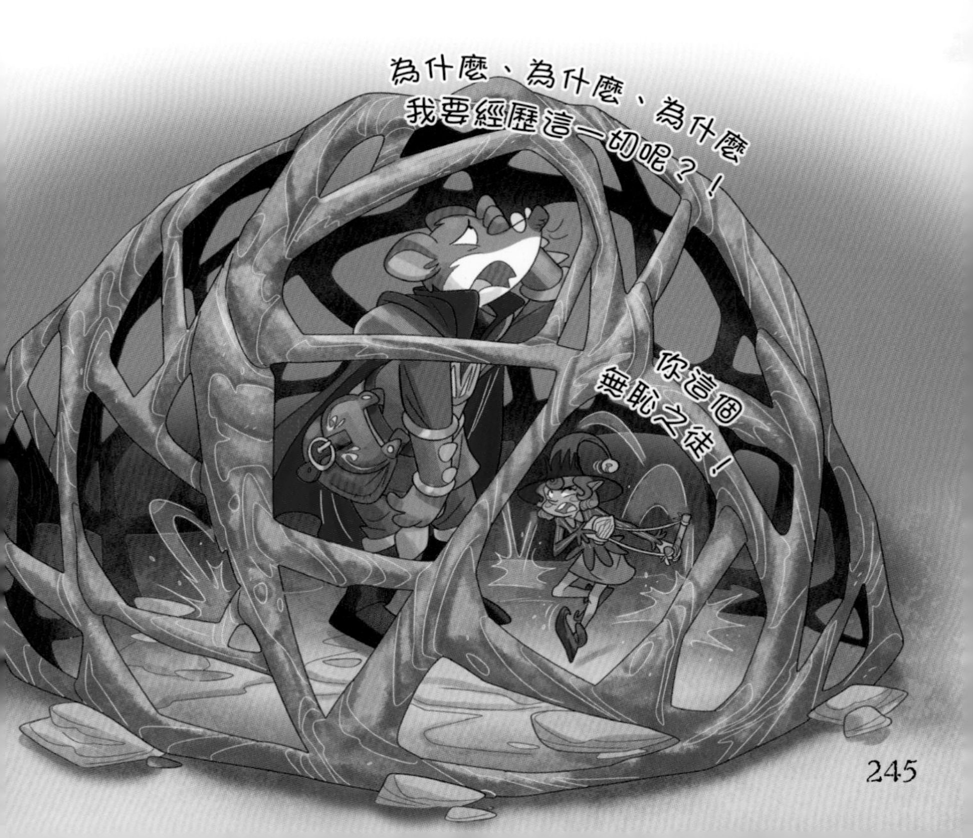

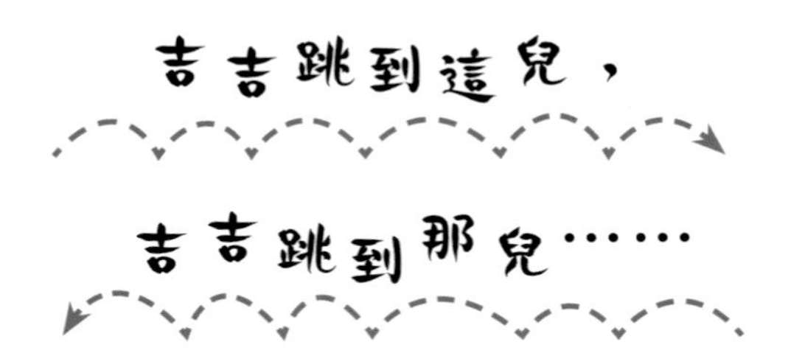

小精靈居然跳出了籠子！

我驚呼：「你自由啦！」

吉吉的個子太小了，因此她可以輕而易舉地穿過籠子的柵欄。

吉吉跳到籠子外，安慰我：「騎士，現在我要把你救出來！」

呼哧！呼哧！我們一起嘗試了各種方法，但是……

我個子**太大**，無法鑽出柵欄，

籠子**太重**了，吉吉舉不起來，

土地**太硬**了，我沒法挖地道逃生，

柵欄**太粗**了，我無法剪斷它！

我抱怨說：「我們怎麼努力也沒用。吉吉，你快走吧。快去幫助朋友們！」

小精靈苦惱地撓着小帽子，一邊苦苦思考着，突然她靈光一閃：「你為何不鑽進**無底背包？**」

我驚訝地看着她：「什麼什麼什麼？我？鑽到背包裏面？可那背包太小啦！」

吉吉自信地解釋：「背包裏可以放進任何東西，甚至**龐然大物**。想想看，你已經在裏面裝了一個巨大的點心、一本大部頭詩集、一根笛子……還有高山之龍們贈送的所有禮物！我不想冒犯你，你雖然有小肚腩，可是鑽進去不成問題。這樣，我就可以拿着背包穿過柵欄……你就能脫困了！」

以一千塊莫澤雷勒乳酪的名義發誓，我怎麼沒想到呢？

我從地上撿起背包，打開它，朝裏面看去……心裏嘀咕着說：「我會不會鑽進去，就鑽不出了呢？」

……***嗚嗚嗚，好緊張啊！***

吉吉鼓勵我：「你還在等什麼？快鑽進去吧！」

我嘟囔着說：「呃……裏面很黑啊……我的手腳該放在哪裏？羊皮紙卷會不會被壓壞啊？會不會……」

吉吉催促我：「別再畏畏縮縮！相信我，快進去吧！」

咕吱吱！

吉吉說得對。

我回答：「好吧……」

① 我把一隻腳爪伸進背包……又伸進另一隻腳爪……最後……

② 我整個身體都鑽了進去。

咕吱吱！真可怕！袋子裏面漆黑一片啊！

③ 我感覺到吉吉提起這個神奇的背包，鑽過了籠子的柵欄……

過了一會兒，背包外傳來小精靈的聲音說：「你可以出來了，騎士！」

④ 我伸出雙臂，從背包口向外爬……再奮力一躍，我整個身體就鑽出來了。

我高聲呼喊：「你的辦法成功了！謝謝你，吉吉！」

我背上背包，心裏深受鼓舞。我想到了我的朋友們，他們總是在我最危難的時候伸出援手；我想到了大家送給我的那些禮物，以及芙勒迪娜皇后臨別時的吻，大家對我如此真誠……

我不能辜負他們的期望！

我重新鼓起勇氣，催促吉吉：「快點，我們出發吧！我們要馬上趕去城堡！五位公主還在等着我們呢！」

魔石藥水

我們走到魔岩堡的大門前，聽到上方傳來一陣大笑。我從未聽到如此令我毛骨悚然的笑聲……

我抬頭望去，終於知道誰在大笑了。我們頭頂上方出現一把掃帚，上面坐着……

她相貌可怕，十分醜陋，應該說讓我膽戰心驚！

她的皮膚是灰色的，她乾枯的手裏緊緊握着一個玻璃細頸瓶。

萬幸的是，她並未注意到我們……至少我希望沒有！

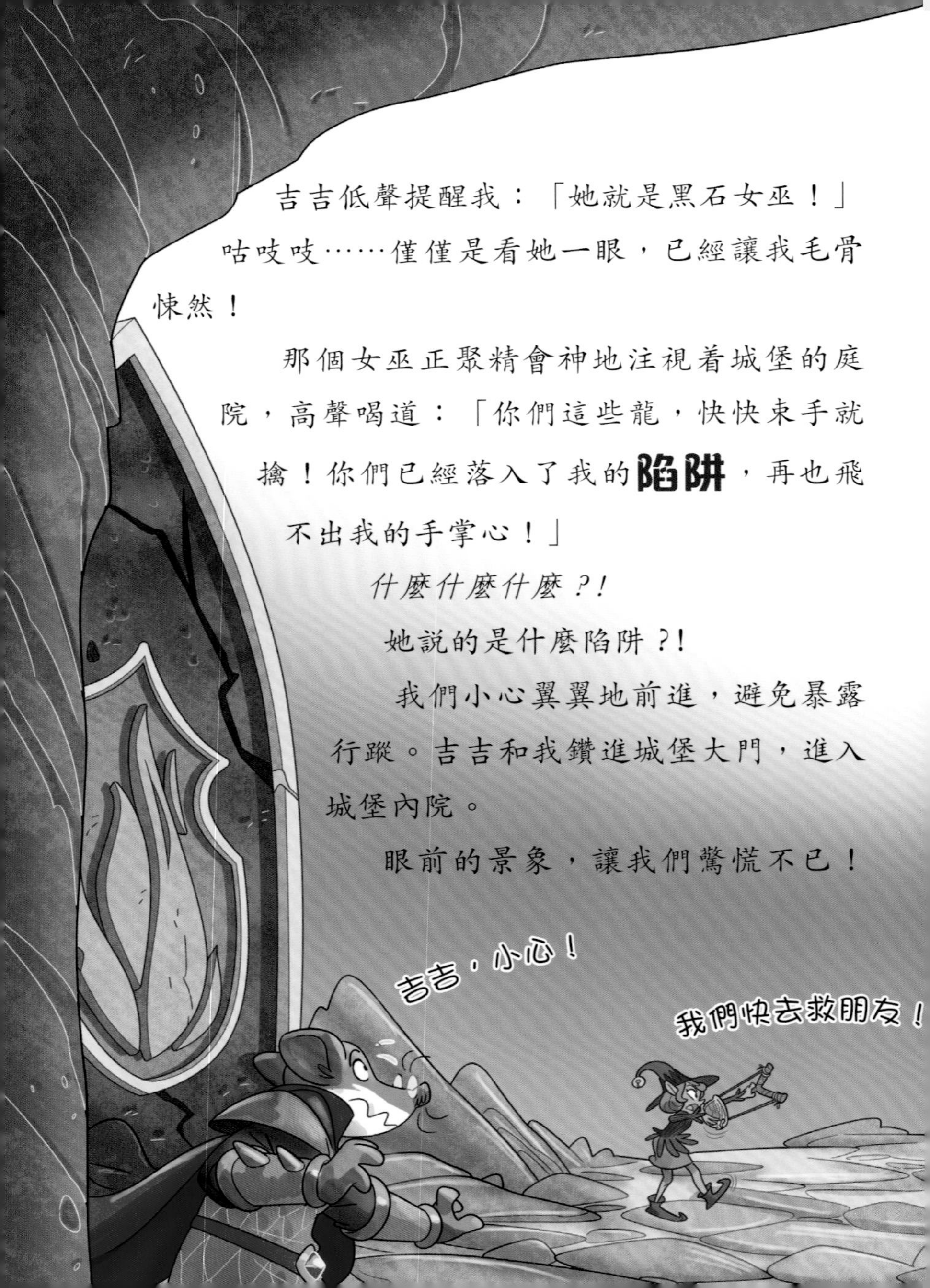

吉吉低聲提醒我：「她就是黑石女巫！」

咕吱吱……僅僅是看她一眼，已經讓我毛骨悚然！

那個女巫正聚精會神地注視着城堡的庭院，高聲喝道：「你們這些龍，快快束手就擒！你們已經落入了我的**陷阱**，再也飛不出我的手掌心！」

什麼什麼什麼？！

她説的是什麼陷阱？！

我們小心翼翼地前進，避免暴露行蹤。吉吉和我鑽進城堡大門，進入城堡內院。

眼前的景象，讓我們驚慌不已！

我發現庭院裏站着我們的伙伴們，

大家都被化成了一座座……

石頭雕像！

吉吉隨即氣憤地叫了起來：「你這個鐵石心腸的女巫，命你速速放了我的朋友！」

這下可糟了……

黑石女巫一定會把我們碾成肉醬！

女巫轉頭向我們飛來，大聲咆哮：「你們怎會在此地？」

她狐疑地說：「你們怎麼從**籠子**裏鑽出來的？」

什麼什麼什麼？！原來是她設下的陷阱？！

吉吉憤怒地罵着：「和你有何關係，你這個醜陋的……」

我插嘴說：「呃……這個說來話長！現在……我們要救出伙伴們和公主們……」

女巫爆發出一陣冷笑：「當然了，還有公主們……你們的任務可真是艱巨啊！**你們這些軟心腸的傢伙！**要想騙倒你們，只需要什麼公主遇險啦、古老的傳說預言啦、再加上一點故事情節，就能**把你們騙得團團轉！**」

吉吉跳了起來：「騙倒我們？你這個黑心女巫是什麼意思？」

女巫回答：「我早已聽說過巨龍潭傳說。我綁架了五位公主，正是希望你們會攜天下最有價值的

五條龍來營救她們。我要從他們身上**奪走**那些珍貴的品格特質！哈哈哈，我真是個天才！」

以一千塊莫澤雷勒乳酪的名義發誓！這是我所聽到的最邪惡的笑聲！

黑石女巫大吼：「**鎮石獸！**立刻到我身邊來，你這個廢物！」

鎮石獸

他是黑石女巫的幫手，是個打雜，做些粗重、骯髒的工夫。他捉住敵人後，負責準備石頭大餐。晚上他總會做夢自己長出一雙寬大的翅膀，想要振翅高飛。可是，每次美夢做到一半，都會被女巫的吼聲吵醒，趕着要為她準備早餐。

黑石女巫

她是魔石國的皇后。這個國家十分荒涼，地處夢想國的邊界，到處都是石頭。她的心腸如石頭般堅硬，美好的品德特質在此毫無立足之地。她性格自大，生性邪惡，妄想要將整個夢想國改造成荒蕪的石頭之地。

天空中「噗」的一響，騰起一片灰色煙雲，只見一隻石獸在雲中慢悠悠地飛到女巫身邊去。

我立刻認出他來：「原來是你！是你在暴風雨時監視我們……是你害我們落入籠子陷阱……」

那隻怪獸補充道：「還有你的背包……是我令它掉在地上。這對我而言簡直輕而易舉！」

女巫吼道：「現在廢話少說，你這個長翅膀的大蠢材！我命你立刻將這兩個傢伙關進**搖搖欲墜塔！**而且，你要鎮守在那兒，確保他們不會逃脫！我馬上就要集合那些龍的力量來調製魔法藥水，別讓這兩個傢伙來礙事！」

鎮石獸回答：「遵命，邪惡的女王陛下！」

那怪獸伸出粗短的爪子抓住我們，傲慢地昂着頭，向上飛去……以他粗短的翅膀，提着我們一起飛行可不是易事！

而女巫則從掃帚上走下來，開始敲打玻璃細頸瓶，說：「集合五種力量的魔法藥水快要完成啦！哈哈哈！」

趁着鎮石獸緩慢地提着我們飛行時，我大聲呼喊：「黑石女巫……你這藥水究竟有什麼用途？你要用來做什麼？」

女巫猙獰地笑着回答我：「老鼠，你的問題真愚蠢，自然是為了……

並將其
化爲
荒蕪的
石頭之地！」

搖搖欲墜塔

鎮石獸憑着一雙細小的翅膀，吃力地提着我們飛行，他越飛越低，害得我的尾巴擦到了塔樓的尖頂。我痛得直叫喚：「哎喲！」

吉吉高叫：「小心，會飛的石頭！」

我從高處望去，女巫的**城堡**顯得更加陰森。那些塔樓的尖頂就像一顆顆鋒利的牙齒，隨時準備吞噬我們！

整個城堡築起了高聳的城牆，並連接坐落在城堡的四座塔樓。

咕吱吱！天知道這**四座塔樓**裏關押着誰？

鎮石獸一邊飛行，一邊抱怨：「我這樣尊貴顯赫的神獸，居然被稱為『長翅膀的大蠢材』！她怎麼如此無禮？」

吉吉大膽地搭訕，問：「如果你真的如此尊

貴，為何你要對那女巫唯命是從？」

鎮石獸咳嗽兩聲，說：「你這個小丫頭，不要多管閒事！你還是多關心你那個傻瓜鼠朋友吧⋯⋯他的臉都發青了。難道他不喜歡我的飛行方式嗎？

哈哈哈哈！」

我們飛到一座險峻的高塔上。那座塔看起來搖搖欲墜，彷彿吉吉打個噴嚏，就會讓它坍塌。

鎮石獸宣布：

「搖搖欲墜塔

到了！這就是你們的新住所，**哈哈哈哈！」**

他從塔內一扇小窗鑽進去，把我們重重地扔在地板上，然後忙不迭地打算飛走。

吉吉和我四處張望，發現我們置身在一個陰暗的小房間內，連四周的牆壁都快塌下來了。

我一骨碌爬起來，跑到窗前一看……整座塔都在微微**晃動**，吱嘎作響……哆哆哆，太可怕了！

等待我們的，將會是什麼命運呢？!

我懇求鎮石獸：「你能不能把我們扔到一些漆黑潮濕、骯髒的地牢裏？我有畏高症啊！」

鎮石獸在窗前拍動翅膀，露出邪惡的笑容：「我建議你們跟石頭一樣保持不動。這座塔是危樓，比你們所見的更加危險！

哈哈哈哈！」

說完，他就「噗」的一聲飛走了，只留下一片灰色煙雲。

嗚嗚嗚！為什麼、為什麼、為什麼我要經歷這一切呢？!

吉吉和我垂頭喪氣地坐在窗邊。

我嘀咕說：「如今我的龍伙伴和公主們會怎樣呢？」

吉吉歎了口氣：「我也不知道！我們現在被困在高處！就連我也無法逃走。現在我們才真是進入了**陷阱**……」

我的鬍鬚難過地**顫抖**起來。

花仙國的國王和王后託付給我如此重要的任務，而我卻辜負了他們的信任。夢想國將會發生什麼？我的命真苦啊！

就在此時，地平線上出現了一個身影。他身材瘦小，看上去有些笨拙，他的臉上……戴着一副眼鏡！我和吉吉齊聲叫了起來：

為食龍！

要是黑石女巫發現了他，一定會把他變成一塊石頭！我們盡可能不在塔內走動，以免震塌危塔。我們呼喚着他的名字：「為食龍！噓噓噓！我們在這兒！」

為食龍發現了我們，他小心翼翼地從窗口鑽進來，興奮地說：「能再見到你們，真是太好了！」

吉吉騰地跳到他的脖子上，我也緊緊地**擁抱**他，以致塔樓又開始搖晃起來。

為食龍關切地問道：「黑石女巫對其他龍做了什麼？騎士，你必須救出他們！」

我回答：「我會告訴你事情的來龍去脈，不過首先你要說說……你怎麼會來到這裏？」

我簡直無法想像為食龍所經歷的一切！他居然勇敢地穿越了暴雨之地，飛越了冰雹山，跨過了岩漿迸發的活火山……他孤身而來，沒有同伴。*以一千塊莫澤雷勒乳酪的名義發誓！*

多麼勇敢的小龍啊！

為食龍解釋說：「你們出發以後，我也想做些有意義的事，於是我開始尋找吉吉所遺失的家族肖像畫。她丟失畫像後如此悲傷，令我難以忘懷！幸好，我把畫像找回來了。」

他從背包裏掏出一幅肖像畫，遞給吉吉。

吉吉的眼裏盈滿了淚水，那是喜悅的淚水：「謝謝你，為食龍！你是一位真正的朋友！」

為食龍喃喃地說：「呃……就是有點小問題……我在沼澤之龍國的一處泥塘裏找到你的畫。想必是你摘下帽子跟那隻奇怪的紅鸛聊天時掉下了……畫上的色彩有些脱落了。我很抱歉！」

吉吉攤開畫卷，畫面的色彩褪色十分嚴重。

小精靈説：「沒關係，我依然很開心！」

而我也為吉吉感到高興。

肖像畫褪色了，不過……我透過色彩發現了奇妙之處……

我拿過畫，仔細地端詳着，原來這幅畫……是畫在一片

羊皮紙碎片

上！

缺失的碎片

透過除去斑駁的色彩，我依稀看到碎片上寫着幾行字。我一個字、一個字地讀出來：

吉吉和為食龍連氣都不敢喘，一直聽到我讀完。

吉吉嚷嚷說：「太奇怪了！這些**字**一直隱藏在畫面下，我從未留意到！」

我知道了！

為食龍困惑地說：「這些話是什麼意思？」

我評論說：「這張紙，似乎只是一部分……」

以一千塊莫澤雷勒乳酪的名義發誓，我知道了！

我從無底背包裏摸出那張巨龍潭傳說的羊皮卷紙，然後將吉吉的那張拼起來，只見

兩張羊皮卷紙
天衣無縫地
拼在一起了！

我和朋友們都吃驚得面面相覷。

原來，這麼久以來，吉吉的肖像畫下面，一直隱藏着巨龍潭傳說所缺失的一部分！

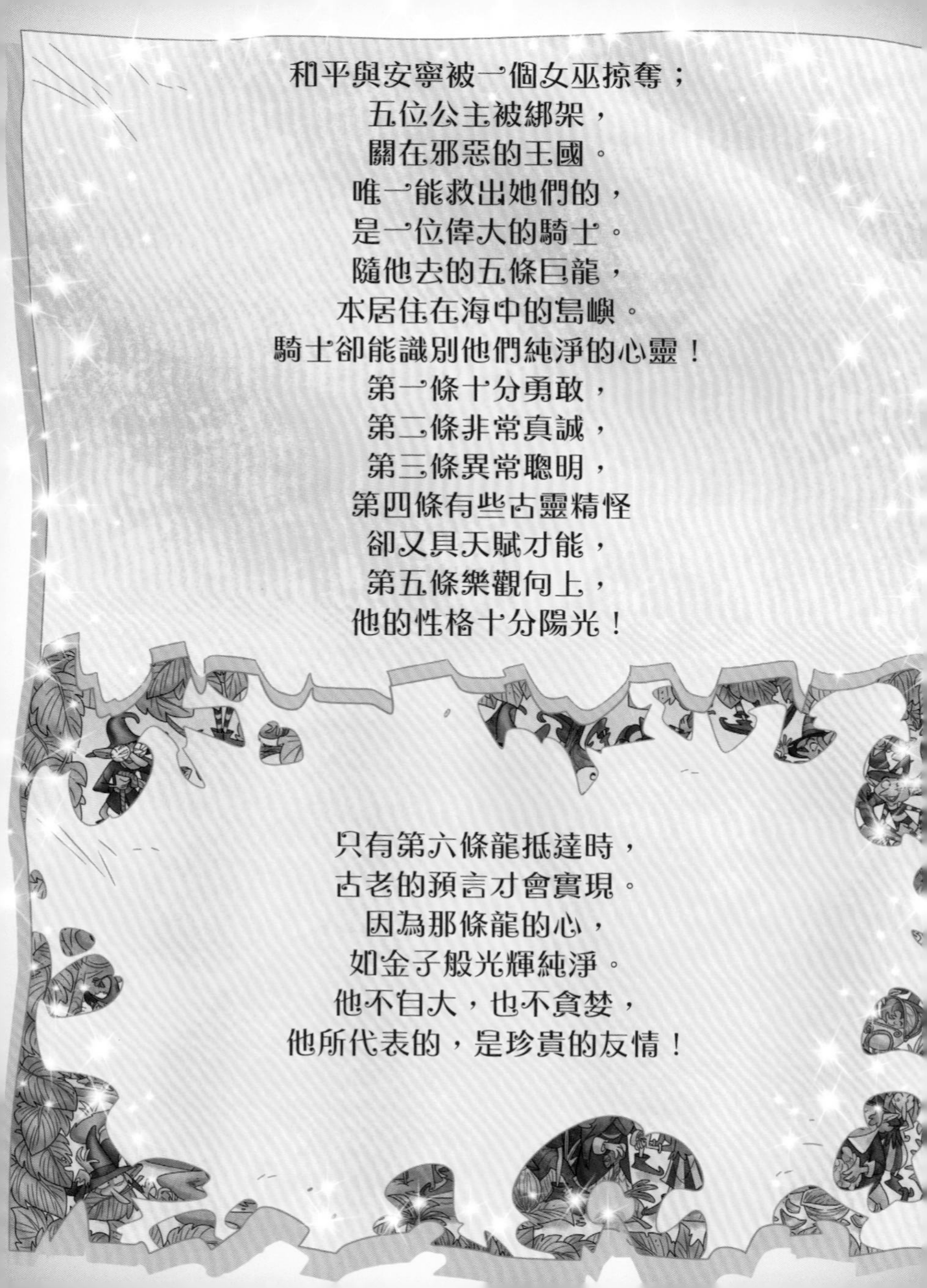

和平與安寧被一個女巫掠奪；
五位公主被綁架，
關在邪惡的王國。
唯一能救出她們的，
是一位偉大的騎士。
隨他去的五條巨龍，
本居住在海中的島嶼。
騎士卻能識別他們純淨的心靈！
第一條十分勇敢，
第二條非常真誠，
第三條異常聰明，
第四條有些古靈精怪
卻又具天賦才能，
第五條樂觀向上，
他的性格十分陽光！

只有第六條龍抵達時，
古老的預言才會實現。
因為那條龍的心，
如金子般光輝純淨。
他不自大，也不貪婪，
他所代表的，是珍貴的友情！

我感慨地說：「看來在漫長的時光中，羊皮卷紙被分成了兩部分……」

為食龍接下去分析：「而這兩部分散失了……」

吉吉評論說：「……並分別流落到了夢想國的兩個地方……」

而我們大家*（甚至包括黑石女巫！）*都堅信**傳說**中只提到了五條龍，其實卻是六條。如今羊皮卷紙終於歸於完整，重見天日！

我恍然大悟：「羊皮卷紙的最後一部分，提到了一條龍，**擁有金子般純淨的心靈。**

他不自大，也不貪婪，他所代表的，是珍貴的友情！」

這條龍並非遠在天邊，而是近在眼前！

我大聲宣布：「為食龍……

傳說中提到的第六條龍，就是你！」

為食龍震驚地望着我，他的臉頰漲的**通紅**。

他激動地說：「我簡直無法信相……無法相信……」

吉吉如往常一樣輕輕拍拍他的背，他繼續說：「我不……不可能成為那條龍……我可沒有那麼……」

吉吉這次沒有再拍他的背，而是代替他說出來：「**重要！重要！重要！**」

吉吉快樂地跳了起來，興奮地說：「我認為你很重要，我的朋友！非常非常重要！」

我彎腰向他致敬，**莊重**地說：「為食龍，你不僅是我們忠誠寬厚的朋友，你還孤身跨過重重困難，只為了讓自己的好友重拾笑容……你怎麼會不是……

友誼之龍！

我肯定，萬分肯定就是你！如今你肩負着一個重要的使命，我們要一起打破女巫施加在其他龍伙伴身上的巫術，並救出五位公主。」

我向為食龍描述了女巫如何引誘我們進入陷阱，並要剝奪龍伙伴身上的高貴品格，用來調製魔法**藥水**。

為食龍聽完大聲疾呼：「我們快走！你們抓緊我，我載你們離開這裏！」

我和吉吉聽從他的指示，我們從搖搖欲墜塔的窗户飛了出去。我的披風在風中吹得呼呼作響，為食龍此刻的表現，正如

一條真正的、
慷慨的、
勢不可擋的
友誼之龍！

我們騎在這條勇敢忠誠的小龍背上飛翔，四周縈繞着一股香氣……**那正是友誼的香氣！**

揉一揉，聞一聞，
你就能聞到
友誼的香氣！
我們要救出其他龍！
我畏高啊！
好香啊！

石化魔法

我們停在連接魔岩堡兩座塔樓的城牆上，從高處俯視城堡內院。只見黑石女巫正運用不可思議的巫術，從每條龍身上提取他們的能量，並將這些能量封鎖在玻璃細頸瓶內。

霍霍！

咕吱吱！我的鬍鬚都害怕得豎了起來！

我們該如何戰勝這個如此強大的邪惡女巫呢？

就在此時，一把聲音從我們身邊響起：「你們想逃到哪裏？」

是鎮石獸！他發現了我們！

他聲嘶力竭地大喊：「尊敬的石頭女王陛下，你的犯人逃脫了！」

黑石女巫抬起頭，看見了我們。

她狂怒地躍上掃帚，飛上牆頭，大吼：「哼！

看來你們是活得不耐煩，想化成石頭對吧？既然你們如此頑固，我就成全你們！」

她舉起手對準我們，口中唸唸有詞：「你這老鼠，我要把你變成一塊大理石的紙鎮。我要把精靈小丫頭變成一座熔岩雕像……還有你？咦？**這條龍是從哪兒冒出來的？**他怎會飛到這裏？」

為食龍結結巴巴地說：「我……我……我……」

黑石女巫一口氣打斷他：「這不重要！我要把你也化成石頭，然後我的**魔法**就大功告成了！」

其實，為食龍*（還有我……）*已經害怕得像石頭一樣**動彈不得**啦！

我試圖鼓勵為食龍：「我的朋友，要相信自己！記住：你正是傳說中提到的第六條龍！」

女巫樂不可支地說：「什麼？我沒聽錯吧？他居然是傳說中提到的龍？

哈哈！哈哈！哈哈！哈哈！哈哈！哈哈！哈！哈哈！哈哈！哈哈！哈哈！哈哈！

你怎會飛到這裏？

女巫的神情變得嚴肅，伸出乾枯的手指對着我罵：「傳說中的巨龍只有**五**條，我對此確信無疑。你帶來的這條龍，只是個長着翅膀的大蠢材！」

鎮石獸捧着肚皮大笑：「哈哈哈！長着翅膀的大蠢材！」

只見為食龍沮喪地蜷曲身子。噢，不會吧！他又失去了**勇氣**，變回和霸王客在一起時的模樣。

吉吉大喊道：「壞巫婆，你等着瞧！我要讓你看看傷害我朋友的下場！」

我鼓勵為食龍：「我不相信黑石女巫！她這樣說，是為了打擊你的自信。」

女巫大吼一聲：「夠了！現在我要把你們變成

石頭！」

「不！」吉吉大叫起來，「為食龍，快行動啊！快救出其他龍！」

但是，他輕聲嘟囔着說：「我……我不行！我……肯定做不到！」

我大聲疾呼：「只有你才能救出其他龍，完成傳說中的使命！

友情的力量永遠與你同在！」

為食龍看上去自信了許多，他正想開口說什麼。女巫卻搶先一步對我們施法，嘴裏嘶吼着說：「你們這些低等生物，準備好變成石頭吧！」

友誼之龍

在這危急的瞬間，我只得閉上眼睛，想像自己的身體即將變得僵硬冰冷。

就在這一瞬間，吉吉打開了我的無底背包，掏出了食肉魔廚娘做的**大點心**（*如今這點心變得比魔石國的石頭還硬！*）

她高叫：「嘗嘗這塊點心味道如何吧！」

她像投飛碟一樣把點心扔了出去，那點心擊中了鎮石獸……

咚！

……又彈到一塊石頭上……

咚！

……然後彈到了女巫的掃帚上，阻檔了女巫發出的石化魔法光束。

女巫大驚失色，失手鬆開了凝聚五條龍力量的玻璃細頸瓶。那瓶子從她手中滑落，跌成了無數的碎片。瓶中的物質瞬間**揮發**，在空氣中消失了。

鎮石獸趕忙躲在石頭後面，戰戰兢兢地說：「對不起！石頭女王陛下，我可不想破壞你的法術！」

小精靈自豪地叫起來：「吉吉射中得兩分！」

我急忙說：「快！為食龍！該你出場了！**相信你自己！**」

為食龍鼓起勇氣，高聲呼喚：「飛龍伙伴團，我來也！！！」

他盤旋在庭院中央站着的五座龍雕像上方，並降落在他們中間。

然後，他抬起頭，焦急地看着我和吉吉，詢問：「現在我該怎麼辦？」

我大聲重複：

「相信你自己！」

為食龍站在五座雕像前，閉上眼睛。

吉吉擔心地看着我說：「騎士，什麼也沒發生啊……」

她剛說完，只見**一束金光**……緩緩從為食龍身上發出。

我感動不已：「這就是友誼的力量！」

那束光越變越大，最後變成了一個大圓球，包裹着所有的龍……把他們喚醒。

吉吉興奮地高呼：「為食龍萬歲！」

友誼之龍終於擊破了女巫的邪惡魔咒！

團結和友誼，竟會爆發出如此強大的力量。

楓葉妹「撲撲」地拍動翅膀，然後說：「我的關節有點僵硬，也許還沒變回來！」

爽朗哥嚷嚷着：「好奇怪！我剛才像石頭一樣睡着了……」

碧浪娃嘟囔着說：「哎喲！哎喲！哎喲！」

還有沼澤丫：「嘩啊！嘩啊！嘩啊！」

山尖叔轉轉脖子，彎彎翅膀，搖晃身體，嘀咕說：「嘿喲！」

當他們看到面前站着的為食龍時，頓時明白了一切。大家齊聲高呼：

「為食龍！是你救了我們！」

黑石女巫

黑石女巫勃然大怒！

她騎着掃帚在飛龍伙伴團的上空盤旋，準備再次施展她的必殺技——石化巫術。

哆哆哆！！！真可怕！

女巫咆哮着說：「多麼感人的一幕！來呀，你們繼續緊緊地擁抱吧！這樣，我只需要集中發射一束強力……**石化光束！**」

黑石女巫舉起手臂，在空中揮出一道灰色強光，徑直向我的龍伙伴們射去。

飛龍伙伴團的成員卻早已做好準備了！只見他們的尾巴纏繞在一起，產生一股強大的能量，形成了一個光盾牌，來抵禦女巫的攻擊。

石化光束從盾牌上反彈回去。

「不不不不不不!!!」

女巫哀嚎道。

鎮石獸大叫着想躲到女巫身後。

可為時已晚，他和女巫頃刻間化成了兩座冰冷、僵硬、巨大的石像！

我和吉吉站在城牆高處齊聲歡呼：「萬歲！太好了！

飛龍伙伴團
終於擊退了女巫！」

不過，我很快醒悟過來，催促大家：「現在我們必須立刻行動，釋放公主們！要知道女巫說不定能自行破解魔法，她遲早會蘇醒！」

碧浪娃嘀咕着說：「啊，那可真是遺憾！難道她不能長眠？」

為食龍補充說：「希望她蘇醒時我不在場！」

飛龍伙伴團將女巫和鎮石獸留在庭院內，然後飛上城牆來接我和吉吉。

楓葉妹對我說：「快跳上來，騎士！」

我坐在楓葉妹的一雙翅膀之間。

吉吉騎上了為食龍的背。我們一起向**城堡最高處的塔樓**飛去。公主們被囚禁在那裏。

「救命命命！救命命命！我們在這兒！」她們拼命呼喊着。

可憐的公主們！

對她們來說，這場可怕的噩夢總算要結束了！

拯救公主！

我們飛到塔樓上，公主們正在陽台上翹首以盼。那些原本把她們囚禁起來的石頭牢籠，從女巫變為**石像**那一刻起就消失了。

我從楓葉妹背上跳下來，激動得鬍鬚直打顫。

經過那麼多危險和挑戰*（真令鼠毛骨悚然！）*，我們終於能將公主們接回家了。巨龍潭傳說預言也終於得到圓滿的結局。

我微笑着介紹自己：「我是正直無畏的騎士。高尚的飛龍伙伴團和我遠道而來，正是為了救出各位公主，將各位帶回

花仙國！」

五位公主狐疑地，甚至是困惑、吃驚地望着我們！

難道我的**開場白介紹**就這麼失敗嗎？

隨即，五位公主一起向我們奔來，嘴裏高叫：「吉吉！」

小精靈向她們奔去：「公主們！」

她們緊緊擁抱在一起，為重逢而喜悅萬分。

我激動得鬍鬚發抖，為食龍從眼角擦去一滴**感動**的淚水。

其中一位綠衣公主轉身向我走來，問道：「你叫什麼騎士來着，你為什麼綁架吉吉？我要把你的鬍子和尾巴打成結……」

楓葉妹評價說：「這位公主說話真無禮！」

我剛想和她解釋我並沒有綁架吉吉，一位藍衣公主卻搶先批評她：「**獅子妹**，我不得不說，你仍跟平日一樣沒禮貌！」

碧浪娃滿意地點點頭：「以我的名義發誓，這位公主的性子很率直！」

我正要開口，第三位白衣少女發言了：「**真理姊**，在我看來，眼下唯一重要的，是保持安靜，聆聽對方的話。」

山尖叔驚訝地望着這位少女，讚許地說：「說得好！」

吉吉插嘴說：「不好意思，公主們……」

「別再賣弄玄虛了，**橄欖妞**。」

有一位粉紅衣公主加入了談話，「我，**和諧姑**很快就會發現究竟是他們綁架的，還是爸爸媽媽送他們來的。快快從實招來，你們可知我們父母的姓名？」

沼澤丫笑起來：「你這問題簡直是易如反掌！你們的爸爸是蓮花國王，媽媽是幸福王后。他們共同治理花仙國。」

第五位黃衣公主評論說：「什麼什麼？反掌？同治？以我**歡樂童**的名字發誓，你說話真好笑！哈哈哈！」

你們從哪兒來？
你們是誰？
橄欖妞
和諧姑

我們來救你們出去！
歡樂童
獅子妹
真理姊

爽朗哥評論說：「要我看，這位公主倒是挺可愛！」

以一千塊莫澤雷勒乳酪的名義發誓，幾位龍伙伴和公主們說起話來，彷彿認識了很久！

甚至連他們的性格，都有幾分相似……

畢竟他們兩個國家自古以來淵源很深……

吉吉搶在大家開口前解釋：「他們並沒有綁架我！正如騎士所說，他們是來營救你們，接你們回家！」

「不好意思，我不想打擾你們的談話……」為食龍插嘴說：「可**黑石女巫**隨時都可能會蘇醒……不好意思，不好意思……」

獅子妹一個箭步擋在其他姊妹前：「我會保護你們！」

真理姊撇撇嘴：「還是讓這些龍朋友保護我們更好……」

「我們最好立刻出發！」橄欖妞說。

和諧姑從頭髮裏摸出一根鉛筆，又從口袋裏掏出一本筆記簿：「根據我的計算，黑石女巫應該會蘇醒在……」

歡樂童插嘴說：「說到計算，你知道兩個數學家一起吃晚飯時會談論什麼嗎？誰吃的多，誰吃的少！哈哈哈！」

看到眼前的這一幕，我的鬍子都惱火地抖動了起來，我高聲催促說：「以一千塊莫澤雷勒乳酪的名義發誓，我們到底走不走了？」

五位小公主和五條龍看着我，呆了半晌。

隨後，他們齊聲回答：

當我們抵達花仙國時……我已經十分虛弱、筋疲力盡、心力交瘁了！

啊！這幾位聒噪的小公主真讓我頭昏腦漲！不過，我們總算完成了使命：

巨龍潭
傳說中的預言
實現了！

一想到馬上就能見到蓮花國王、幸福王后和芙勒迪娜皇后，我開心得鬍鬚顫抖。

當花仙國的國王和王后看到我帶着龍伙伴們和公主們平安歸來，都立刻飛奔出來，開心地擁抱孩子們。

謝謝你，騎士！

芙勒迪娜皇后激動地說：「騎士！你真是不負所託！我就知道你值得信賴！」

我激動得鬍鬚發抖：「呃……其實是幾位龍伙伴立下了汗馬功勞……」

幸福王后一個接一個地擁抱公主們，激動地說：「你們都平安回來，真是太好了！」

芙勒迪娜皇后搬出一個手工精緻的小匣子，打開匣子說：

「孩子們，你們的王冠在這裏！」

孩子們歡天喜地地戴上王冠。而花仙國的國王和王后給了我一個緊緊的擁抱：「謝謝你，騎士！你將幸福還給了我們！」

國王和王后與幾位龍伙伴一一握手，說道：「我們很榮幸認識各位！現在是大家舉杯慶祝的時候啦！」

爽朗哥找不到他
的帽子。你能在
圖中替他找回
帽子嗎？

答案：帽子在左頁邊緣，一位侍女捧着的托盤上。

花仙國為我們準備了一個十分盛大的宴會。所有的朋友們都獲邀出席了，甚至吉吉的全部家族成員都到來了。

大家高興地互相問候，享受吃喝之際，花仙國國王示意大家安靜，隨後發表感言：「我想感謝偉大的飛龍伙伴團，把五位小公主從邪惡女巫的手中救出來，也拯救了整個夢想國。因此，我決定向各位頒發

英雄徽章！」

宮廷侍從亞莉莎捧着徽章走來，國王將它們一一掛在每條龍的胸口。

以一千塊莫澤雷勒乳酪的名義發誓，真讓人激動！

幸福王后繼續說：「為食龍，正直無畏的騎士向我講述了你的故事。我們大家都很感激你，你願意留在花仙國，和我們一起住嗎？」

為食龍害羞得滿臉通紅，忙不迭地回答：「謝謝……謝謝！我當然願意！我感到很幸榮……榮

榮……**榮幸！**」

吉吉自豪地嚷嚷：「不錯啊，為食龍！沒有我的幫助，你也能做到的！」

王后朝她微笑道：「親愛的小精靈，你也是伙伴團中重要的一員，因此，我也為你準備了一份驚喜……」

吉吉的叔叔、嬸嬸、爺爺、奶奶，還有哥哥、妹妹圍成一圈，等待吉吉的外—外—外祖父長壽爺把**一卷羊皮紙**交給了吉吉。

吉吉打開一看，那是……

一張新的
家族肖像畫！

吉吉感動地說：「這張比以前那張畫得更好看啊！」

芙勒迪娜皇后在旁悄聲說：「我想，你也會喜歡永遠和飛龍伙伴團全體成員在一起。」

她話音剛落，一隻小龍走進大廳，將另一張小尺寸的羊皮卷遞給吉吉。

飛龍伙伴團

原來，這是一張飛龍伙伴團的肖像畫！

「謝謝！我會將它好好珍藏！」小精靈收到這份禮物興奮不已。

慶典活動十分盛大，我品嘗了各式美食，水果、蛋糕、餡餅、甜品，最後……我累倒在沙發上，合上眼睛，開始……打起呼嚕……

我腦海裏回憶着與飛龍伙伴團的一幕幕畫面，逐漸進入夢鄉……

重返妙鼠城

我睜開雙眼，看見一位紫衣女鼠正在拽我的外套*（我的鎧甲怎麼不見了？！）*，那女鼠看到我嚷嚷說：「**小乖乖**，你總算醒了！你剛才與花枝鼠跳着跳着……突然像木乃伊一樣倒在地板上。」

我糊里糊塗地說：「什麼？怎麼回事？**公主殿下們**……在下願為各位效勞！」

多愁怒氣沖沖地看着我說：「公主們殿下們？！你說的是哪幾位公主？難道你今晚和花枝鼠眉來眼去得還不夠多嗎？」

什麼什麼什麼？！花枝鼠？！她是誰？！多愁難道不是花仙國王后*（她也穿着一身紫衣！）*

啊，對啦！現在我終於想起了出發到夢想國前的情況！

我當時正在與花枝鼠跳舞，我像陀螺一般高速旋轉，然後我疲勞過度，也許……昏迷過去了！

我跳了起來，環顧四周，激動地叫起來：「我回到妙鼠城啦！我回家啦！」

我一下子抱住多愁大聲呼喊：

「見到你真是太好啦！」

和那幾位調皮搗蛋的小公主相比起來，多愁簡直是菩薩心腸啦！

多愁欣喜地說：「呵呵，你總算表現得像一個真正的**男鼠漢**了！我親愛的男朋友！」

什麼什麼什麼？……等等！

我辯解道：「其……其實我沒有……」

就在此時，賴皮趕到了，他插嘴說：「我親愛的多愁小姐，我絕不允許像你這樣高貴的女士嫁給一個像我表哥那樣**傻氣**的漢子。難道你看不出嗎，對他而言沒有什麼比睡覺更開心？我才是與你天作之合的舞伴！」

賴皮握住多愁的手爪，把她領回了舞池中央。

花枝鼠熱情地對我說：「現在讓我們繼續熱舞吧！」

她拉着我的手從鼠羣中穿過。

我忙不迭地掙扎：「等……等等……」

恰恰在這時候：

1. 我**絆到**她的腳，
2. 我身體向前**傾**，
3. 我緊緊**抱**住花枝鼠，臉貼臉地摔在地上。

我的天！真是亂成一團！

我正要向花枝鼠道歉，多愁已經飛快地衝到我身旁，大喊起來：「你太過分了！不許你再和我的好友眉來眼去！」

說完，她揮起手袋向我砸來！

痛得我眼冒金星！

等到她發洩完畢，我已經東倒西歪、十分疲憊、搖搖欲墜……苦不堪言！

時間已經來到夜深了，我已經等不及回家鑽進被窩去……

我把女士們送到**豪華大酒店**（那就是花枝鼠下榻的酒店），熱情的女演員抱住我們說：「多麼美好的一天！下次你們來我的**冒險堡**做客吧！」

呃……好吧，等我從這次魔石國的旅程中恢復過來之後！

豪華大酒店
我們會來
冒險堡找你！
我在冒險堡等你們！

一個大驚喜

第二天一早，我家的電話鈴聲嗡嗡大作。

滴鈴鈴鈴鈴！滴鈴鈴鈴鈴！
滴鈴鈴鈴鈴！滴鈴鈴鈴鈴！
滴鈴鈴鈴鈴！滴鈴鈴鈴鈴！

我一骨碌爬起來，我今天還要去《鼠民公報》編輯部上班。

電話是妹妹菲打來的，她說：「啫喱！你已經起牀了吧？我要請你幫個忙！」

幫個忙？!我怎麼記得她對我說過同樣的說話呢？

我回答：「呃……當……當然……只不過今天我要去編輯部……」

菲仍不依不饒說：「我知道，可只需要佔用你片刻時間！你在午飯時間出來見我，我會解釋給你聽。」

哦，不會吧……我的命太苦了！與現實相比，作為正直無畏的騎士身分所經歷的一切，簡直就像度假一樣愜意嘛……

我多麼思念我的朋友們啊！

我趕到辦公室，回覆了375封郵件，接了456個電話，修改了至少97篇稿子，可我還在思念着朋友們。

楓葉妹、碧浪娃、山尖叔、沼澤丫、爽朗哥、吉吉……還有**為食龍**，那位身材瘦小、內心強大的好朋友！

天知道我何時還能再見到他們……

我沉浸在思念中，不知不覺午飯時間到了。

我簽完最後幾份合同，寫完最後幾個提案，向助手了解接下來幾周的會面行程，然後準備出門。

菲已經在等着我呢。

啊，快要遲到了！我真是個傻瓜蛋！

我趕忙跑到約定的地點……

以一千塊莫澤雷勒乳酪的名義發誓，真是一個很大的驚喜！

我的妹妹向我走來，手爪裏握着……

兩個美味的冰淇淋！

她微笑着將那個最大個的冰淇淋遞給我，對我說：「這是我給你的謝禮，感謝你昨天擔當多愁和花枝鼠的導遊！」

這個冰淇淋是我見過的最獨特美味的！上面不僅有雪白的軟乳酪，還有好吃的甜乳酪、羊乳乾酪、馬斯卡波乳酪，最上面撒上了一層乳酪粉……

我的鬍鬚高興得微微顫動，我說：「謝謝你，菲！」

於是，我們一起坐在長凳上，品嘗着美味的冰淇淋，感受春天的微風，討論着昨天發生的種種見聞。

沒有什麼比與自己

喜歡的家鼠共度時光更美好了！

你們說是不是啊？

當我回到編輯部，我內心快樂、幸福而充實，因為我決定了，要立刻開始寫一本**新書**，來記錄我這次特別的夢想國歷險。

於是，我坐在書桌前思考自己踏上巨龍潭歷險旅程中發生的一切。然後，***開始日夜不停地書寫，日日夜夜，夜夜日日，日夜日夜***……我越來越累，完成了這本書的最後一頁後，我呼呼大睡！

第一天

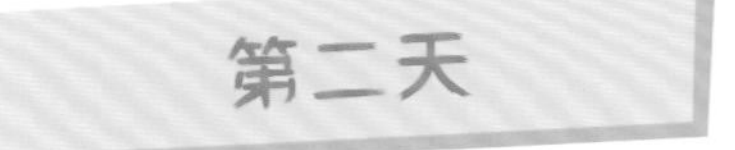

這本書終於完成了！它描述了我在**巨龍潭**尋找傳說預言中的巨龍們的經歷，記錄了我如何幫助花仙國國王和王后救出五位公主，以及坐在**巨龍**翅膀上展開驚險的冒險旅程。

書中還有一位能將萬物變為石頭的邪惡女巫，以及一羣勇往直前，時刻準備為解救公主而戰的伙伴們……

巨龍潭傳說

沒錯，親愛的鼠迷朋友們！
就是這本你們
現在閱讀的書！

我衷心希望你們會喜愛這本書，並和我一樣，將飛龍伙伴團常記於心裏。我永遠也不會忘記在夢想國的朋友們，沒有什麼比真正的友誼更可貴！

以我史提頓的名義發誓，
謝利連摩·史提頓！

奇鼠歷險記12

巨龍潭傳說

UNDICESIMO VIAGGIO NEL REGNO DELLA FANTASIA

L'ISOLA DEI DRAGHI

作　　者：Geronimo Stilton　謝利連摩·史提頓
譯　　者：林曉容
責任編輯：胡頌茵
中文版封面設計：李成宇
中文版內文設計：劉蔚　羅益珠
出　　版：新雅文化事業有限公司
香港英皇道499號北角工業大廈18樓
電話：（852）2138 7998
傳真：（852）2597 4003
網址：http://www.sunya.com.hk
電郵：marketing@sunya.com.hk
發　　行：香港聯合書刊物流有限公司
香港新界大埔汀麗路36號中華商務印刷大廈3字樓
電話：（852）2150 2100　傳真：（852）2407 3062
電郵：info@suplogistics.com.hk
印　　刷：C & C Offset Printing Co., Ltd.
香港新界大埔汀麗路36號
版　　次：二〇一九年七月初版

http://www.geronimostilton.com
Based on an original idea by Elisabetta Dami.

Cover By: Silvia Bigolin, Christian Aliprandi
Art Director: Iacopo Bruno
Graphic Designer: Mauro De Toffol / theWorldofDOT
Story Illustrations: Silvia Bigolin, Ivan Bigarella, Alessandro Muscillo, Archivio Piemme and Christian Aliprandi
Graphics: Marta Lorini
Art Director: Roberta Bianchi
Artistic assistance: Lara Martinelli and Andrea Alba Benelle

ISBN: 978-962-08-7289-1

18/F, North Point Industrial Building, 499 King's Road, Hong Kong
Published and printed in Hong Kong.

奇鼠歷險記

①漫遊夢想國

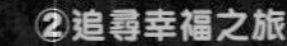
②追尋幸福之旅

③尋找失蹤的皇后

④龍族的騎士

⑤仙女歌雅不見了

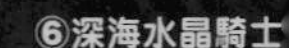
⑥深海水晶騎士

⑦追尋夢想國珍寶

⑧女巫的時間魔咒

⑨水晶宮的魔法寶物

⑩勇戰飛天海盜

⑪光明守護者傳說

⑫巨龍潭傳說

勇士回歸（大長篇 1）　失落的魔戒（大長篇 2）